Molière

IL TARTUFO
IL MALATO IMMAGINARIO

A cura di Mario Bonfantini
con uno scritto di Voltaire

OSCAR MONDADORI

© 1987 Arnoldo Mondadori Editore S.p.A., Milano
Titolo originale dell'opera: *Le Tartuffe - Le Malade imaginaire*

I edizione Oscar classici febbraio 1987

ISBN 88-04-51900-2

Questo volume è stato stampato
presso Mondadori Printing S.p.A.
Stabilimento NSM - Cles (TN)
Stampato in Italia. Printed in Italy

Ristampe:

11   12   13   14   15   16

2006   2007   2008   2009

www.librimondadori.it

Introduzione

Jean Baptiste Poquelin nacque a Parigi verso la metà di gennaio del 1622 da Jean e Marie Cressé. Di solida famiglia borghese, il padre acquistò presto da un fratello la carica di tappezziere del re con l'ambita qualifica di *valet de chambre ordinaire*, titolo che trasmise al figlio non appena egli ebbe sedici anni. Orfano di madre assai presto, Jean Baptiste fu prediletto dal nonno materno, che pare lo portasse sovente a teatro.

Dai dieci ai diciassette anni compì quelli che oggi diremmo gli studi classici (Umanità, Retorica e Filosofia), nel Collegio di Clermont tenuto dai gesuiti e frequentato anche dai figli della migliore nobiltà. Quindi acquistò – assai facilmente, come usava allora – il titolo d'avvocato. Non è sicuro che seguisse le lezioni del filosofo novatore e antiscolastico Gassendi; più probabile che sentisse l'influenza del padre di un amico suo, il La Mothe Le Vayer, eruditissimo e autorevole rappresentante della filosofia scettica. Certo è che, anche per l'amicizia di Chapelle, entrò presto in contatto con quegli ambienti culturali e mondani piuttosto inclini al libero pensiero che si solevano chiamare "libertini".

Attratto irresistibilmente dal teatro, anche per l'amore della bella e avventurosa Madelaine Béjart, di qualche anno più anziana di lui, il 30 giugno 1643 fondò con essa la compagnia de L'Illustre Théâtre; ma l'inesperienza di questi giovani attori provocò in breve ben due fallimenti e Jean Baptiste finì anche in prigione per debiti, liberato dall'intervento di amici e del padre stesso.

In quel periodo assunse il nome d'arte di Molière, quasi certamente dalla denominazione di un piccolo centro del sud della Francia da cui era passato alcuni anni prima seguendo la Corte in sostituzione del padre.

Sul principio del 1646 entrò con Madelaine Béjart e un fratello di lei in una delle numerose compagnie di comici che erravano per le provincie della Francia, compagnia della quale divenne presto il capo. Inizia così la sua vita di "comico errante", che continuò per dodici anni, battendo specialmente il sud della Francia e facendo di Lione il centro della sua attività.

La compagnia di Molière acquistò presto gran nome per la bravura degli attori, la ricchezza delle scene e dei costumi, l'ottima amministrazione della Béjart e la genialità del suo capocomico. Dopo ogni tragedia era uso recitare farse in un atto, nelle quali Molière si distingueva, e presto passò a scriverne egli stesso, ispirandosi a canovacci della commedia dell'arte italiana, allora diffusissima in Francia e ricca di celebri attori creatori di maschere, come il Beltrame e lo Scaramuccia. Una almeno di queste farse – di cui ci son pervenuti i titoli e qualche copione – è da stimarsi sua, e si recita ancor oggi con successo: *Le Médecin volant*.

Nel 1655, diede una commedia in cinque atti e in versi, *L'Étourdi ou Les Contre-temps*, imitando una vecchia commedia italiana appunto del Beltrame (*L'Inavvertito ovvero Scapino disturbato e Mezzettino travagliato*); e nel 1656 *Le Dépit amoureux*, pure in versi in cinque atti, imitando *L'Interesse* del cinquecentista italiano Secchi.

Venuto infine a Parigi, dove il teatro riprendeva gran voga anche per l'interesse del giovane re Luigi XIV, nel 1659 ottenne il primo grande successo con la commedia farsesca in un atto *Les Précieuses ridicules*. Il valore anche letterario dell'opera e la sua importanza sollevarono polemiche e spinsero Molière a pubblicarla, facendosi così come egli stesso disse nella prefazione, "scrittore". Da allora, in pochi anni egli impose la propria compagnia come la prima della capitale nel genere comico e, alternando le farse e le "commedie-balletto" (genere nuovo da lui inventato) alle opere di più grave impegno, si affermò come il maggiore o almeno il più importante e discusso scrittore del tempo. Iniziava così quel prestigioso "ventennio aureo" (dal 1660 al 1680) che, sviluppando la recente eredità di Pascal e di Corneille, vide fiorire le opere di La Fontaine, Racine, Boileau, Madame Lafayette, Madame de Sevigné, La Rochefoucauld e La Bruyère. Periodo unico nella letteratura francese, del quale Molière è il genio più completo.

Nel 1660 diede la brillante farsa *Sganarel*; nel 1661, la "commedia eroica" *Dom Garcie de Navarre ou Le Prince jaloux*, *l'École des maris* e le scene satiriche del balletto *Les Fâcheux*; nel dicembre del 1662 il primo capolavoro, *L'École des femmes*, seguito a pochi mesi da *La Critique de l'École des femmes* e da *L'impromptu de Versailles*: con la prima di queste opere entrava in polemica coi suoi critici, con la seconda metteva genialmente in scena se stesso e la sua compagnia. Quindi, dopo due cose minori (*Le Mariage forcé, La Princesse d'Elide*), dava nel 1664 *Le Tartuffe*, nel 1665 *Dom Juan*, e nel 1666 *Le Misanthrope*, seguito e preceduto da due celebri satire della medicina: *L'Amoure médecin* e *Le Médecin malgré lui*.

Furono sei anni di attività febbrile, nei quali Molière, fra continue feroci polemiche, tormentato nella vita privata e già minacciato dai sintomi della malattia (pare fosse la tisi), forte della protezione del re, che bisognava però mantenere con una produzione a getto continuo e abbondando in spettacoli fastosi misti di pantomime e di musiche, tanto più faticosi sia per l'attore che per l'autore, andò sempre più sviluppando e approfondendo il suo genio.

Nel 1662 sposò la diciannovenne Armande, figlia naturale della sua vecchia amica Madelaine Béjart: un commediante rivale lo accusò presso il re di aver sposato la propia figliola, Luigi XIV rispose facendosi padrino del primo figlio nato da questa unione; unione che, per la differenza d'età e dei caratteri – superficiale, ambiziosa e presto civetta Armande; grave e incline alla melanconia, pur nella felicità della creazione e nella vivacità della professione, Molière – doveva dargli non pochi dispiaceri, sui quali si diffondono con feroce compiacenza i libelli del tempo, ma per i quali noi siamo ridotti a congetture. D'altronde, approfondendo, sia pure nei limiti del comico e talvolta nelle forme della farsa più scatenata, alcuni dei temi fondamentali della nostra vita, Molière, mentre sollevava gli entusiasmi del pubblico e si acquistava tenaci difensori e protettori, doveva forzatamente attirare su di sé gravi inimicizie.

Già con la satira delle *Précieuses* egli si era attirato la diffidenza e lo sdegno di molti salotti intellettuali del tempo, per mezzo dei quali dame, letteratomani, abati galanti, signori dilettanti di poesia leggera ed eruditi mondanizzati pretendevano continuare a tenere una specie di "dittatura del buon gusto": una moda letteraria frivola e superficiale che Molière, seguito da Boileau (il quale molto apprese da lui) e quindi dai nuovi grandi scrittori, ridusse alla difensiva, imponendo il gusto di un'arte più schietta e sobria, elegantissima e fantasiosa, ma capace di durezze e rudezze, fondata sulla *verità*.

L'École des femmes, che ci rivela l'autore pensoso dei problemi del matrimonio e dei rapporti fra i coniugi, sebbene pervasa da un'onda di poesia che oggi la fa talvolta preferire a tutte le altre opere, scandalizzò per la crudezza di certe espressioni e la satira del vecchio borghese che sfrutta il timor religioso per tener schiava la giovinetta da lui stesso allevata e che egli vuol fare sua moglie. *Le Tartuffe* affrontava il gravissimo tema dell'ipocrisia religiosa che vuol dominare nella vita familiare e sociale: satira del gesuitismo, a quanto fu detto, ma anche del rigorismo giansenistico. Proibito il *Tartuffe*, egli replicava col *Dom Juan*, riprendendo il tema già illustrato dallo spagnolo Tirso de Molina, con un'opera disordinata e fortissima (da far pensare allo Shakespeare), dove campeggia la complessa ed enigmatica figura del gran signore ateo, intrepido schernitore d'ogni legge umana e divina, che vien fulminato dal cielo quando unisce a tutti i suoi vizi anche l'ipocrisia religiosa: per cui da una certa eroica grazia dei primi atti si arriva a una specie di sinistra perversione. Col *Misanthrope* Molière mette in scena la figura del giovane gentiluomo Alceste, ribelle all'ipocrisia mondana che regola tutta la nostra vita in nome di un ideale di sincerità assoluta nei rapporti umani, che risulta comicamente stravagante e nobilmente eroico a un tempo. Per sua sventura, Alceste si è innamorato d'una giovinetta improntata del più malizioso e geniale spirito mondano: una *grande coquette*, ma fresca, entusiasta degli splendori del mondo, cui Alceste pretenderebbe farla rinunciare, restandone naturalmente sconfitto. L'altro gran tema di Molière fu la superstizione della medicina, nel quale a elementi satirici notissimi e sempre usati in tutti i tempi egli mischiò però una chiara idea di lotta contro la scienza tradizionalista, il vecchio insegnamento delle facoltà universitarie e la pedanteria libresca, assaliti dal nuovo spirito razionalistico e sperimentale.

Il *Tartuffe*, il *Dom Juan* e il *Misanthrope*, se non sono le sole commedie di Molière di assoluta bellezza – giacché il suo genio brilla spesso di luce altrettanto viva nelle opere cosiddette minori – sono certo le sue cose più profonde e impegnative: rappresentano quello che il nostro più geniale critico in materia, Ferdinando Neri, chiamò "il momento drammatico di Molière". Nei sei anni che seguirono Molière dà l'impressione d'impegnarsi meno a fondo: forse perché stanco di tante lotte (il *Tartuffe* non gli fu mai perdonato dai "devoti"; rinunciò alla ripresa del *Dom Juan*, e il *Misanthrope*, troppo delicato e fine, non ebbe gran successo) e fors'anche perché una certa involuzione della sua vita intima lo spinse a un maggiore distacco fra essa e la sua professione.

Continuò, tuttavia, a produrre nei generi più diversi, sempre più legato alla vita del teatro e dei suoi comici: paradossale spettacolo di un uomo di buona famiglia, di solida cultura, con una bella biblioteca, una ricca casa a Parigi in rue Richelieu (vicina all'ultimo e più bello suo teatro, nel Palais-Royal), una villa ad Auteuil dove accoglieva generosamente gli amici, ricco e caritatevole, che frequentava la Corte come voleva e si presentava quasi ogni sera sulla scena sotto i più grotteschi travestimenti, a ricevere magari le bastonate e i *coups de pied au cul* del servo troppo sfacciato ed audace. In quegli ultimi anni non gli mancò neppure una specie di tradimento da parte del re, sempre più attratto dagli spettacoli musicali di cui concesse il più sfacciato monopolio a un grande musico, ma prepotente e duro arrivista: il fiorentino Lulli.

Ebbe però ancora grandissimi successi, procuratigli non tanto dalle opere scritte su ordinazione (*Mélicerte, Le Sicilien ou l'Amour peintre, Les Amants magnifiques* e lo spettacoloso balletto *Psyché,* in collaborazione con Corneille e Quinault e con musica del Lulli), quanto dalle ultime farse, dove è una specie di brusca violenza, come quella celebre di *Georges Dandin,* e *Monsieur de Pourceaugnac* e *La Comtesse d'Escarbagnas,* e dalla commedia buffonesca *Les fourberies de Scapin* (quella che, come è noto, scandalizzò Boileau, il quale non poteva persuadersi che l'autore del *Misanthrope* si compiacesse in tali cose).

Ma le opere maggiori di questi ultimi anni, accolte subito favorevolmente anche dalla critica, sono la commedia imitata da Plauto *L'Avare* (ancor oggi uno dei più sicuri numeri di repertorio della Comédie Française), il raffinatissimo gioco poetico, pure di imitazione plautina, *Amphitryon,* la genialissima commedia-ballo del *Bourgeois gentilhomme,* i cinque atti in versi delle *Femmes savantes,* dove però si avverte una eccessiva bravura di mestiere e minore vitalità, e infine quel *Malade imaginaire* che andò in scena il 10 febbraio 1673 e che, coi suoi "intermezzi e entrate di balletto", segnò uno dei più grandi successi di pubblico e di cassetta.

Molière, che da qualche tempo peggiorava visibilmente, volle contro il parere di tutti recitarvi come al solito la parte di protagonista nella quarta rappresentazione del 17 febbraio: colto da un attacco all'ultima scena (che tuttavia riuscì a finire), pare volesse ancora restare in teatro per giudicare, come soleva, dell'effetto provocato sul pubblico dalla recita. Ma dovette subito farsi portare a casa, dove morì d'uno sbocco di sangue poche ore dopo. Fu assistito da due monache che egli ospitava, ma non da un prete, poiché i due primi sacerdoti mandati a chiamare si rifiutarono e il terzo arrivò troppo tardi.

Morendo egli così sotto il peso della scomunica che colpiva tutti gli attori i quali non si fossero pentiti della loro professione a tempo utile, la moglie e i più stretti amici trovarono grande difficoltà a farlo seppellire in terra benedetta. È pressoché sicuro che, per intervento di Luigi XIV, riuscissero a dargli sepoltura, di notte e senza nessuna pompa, nel cimitero di San Giuseppe, "ai piedi della gran croce". Di lì, quelli che si vollero credere i suoi resti furono esumati nel 1792 a cura della municipalità rivoluzionaria, deposti nel Museo dei monumenti francesi e quindi, nel 1817, trasferiti nel cimitero del Père-La Chaise, vicino a quelli del La Fontaine.

La sua compagnia che, con quella rivale dell'Hôtel de Bourgogne specializzata nella tragedia, era la migliore di Francia, andò soggetta subito a varie vicissitudini, per dissensi e gelosie, specie tra la vedova e il giovane attore Baron che venne stimato il più sicuro continuatore di Molière; finché i principali attori, che avevano conservato il vecchio nome di Les Grands Comédiens, accettarono il progetto del re formulato l'indomani della morte di Molière, fondendosi con quelli dell'Hôtel de Bourgogne. Ciò avvenne il 18 agosto 1680, e il nuovo complesso, che acquistò poi il nome di Théâtre des Français o Théâtre de la Comédie Française, si è perpetuato, come è noto, fino ai giorni nostri, conservando in parte gli statuti e la forma associativa che aveva avuto ai tempi di Molière (da cui la denominazione ancor oggi usata di "la Maison de Molière") e tramandando fino a noi (a quanto si pretende non senza qualche ragione), per la continuità del repertorio e la fedeltà di molti attori, una qualche idea del modo col quale Molière e la sua gloriosa troupe avevano recitato le sue farse e le sue commedie.

Mario Bonfantini

Cronologia

1622
Il 15 gennaio viene battezzato Jean-Baptiste Poquelin, il futuro Molière.
È quasi sicuramente nato nei giorni immediatamente precedenti, il 14
o il 15. Il padre, Jean, è tappezziere e commerciante, membro di una
famiglia benestante che esercita la professione da svariate generazioni.
La madre, Marie Cresé, è anch'essa discendente di un'altra importante famiglia di tappezzieri. Avrà tre fratelli minori.

1631
Jean Poquelin acquista una posizione come tappezziere ordinario del
re. La condizione sociale della famiglia migliora ulteriormente.

1632
Muore Marie. Jean si risposerà l'anno successivo con Catherine Fleu-
rette. Jean e Catherine avranno tre figlie.

1635-1639
Dopo aver concluso gli studi elementari, probabilmente in una scuola
parrocchiale, Jean-Baptiste viene iscritto al Collège de Clermond.
Molte sono le congetture relative ai suoi compagni di corso: il principe
Conti, François Bernier, Chapelle. Riceve forse gli insegnamenti di
Gassendi. Nessuno di questi incontri è però dimostrabile.

1640
Jean-Baptiste intraprende gli studi di diritto a Orléans. Ottiene il titolo, ma esercita la professione solo per pochi mesi, prima di decidere di
dedicarsi alla carriera teatrale. Varie sono le supposizioni sulle cause
della sua vocazione: una passione del nonno, gli studi al collegio gesui-
ta, la storia d'amore con l'attrice Madeleine Béjart.

1643

Jean-Baptiste, dopo aver rotto con la sua famiglia, firma un contratto con la famiglia Béjart per la costituzione di una compagnia teatrale, l'«Illustre Théâtre». Di qui a poco Jean-Baptiste prende lo pseudonimo di Molière. Rifiuterà sempre di spiegare il motivo della sua scelta, anche agli amici più cari.

1644-1645

La compagnia si trova in crisi e Molière, responsabile delle finanze, finisce in prigione. È il padre Jean a pagare parte dei debiti. La compagnia si scioglie e Molière lascia Parigi.

1645

Durante il suo soggiorno lontano da Parigi, viene in contatto con la compagnia di Dufresne, ed entra a farne parte, assieme ai Béjart. La compagnia affronta una lunga serie di tournée, nel corso delle quali Molière assume la direzione del gruppo.

1653

Il duca di Épernon cessa di sovvenzionare la compagnia. Gli attori, che si ritrovano in una situazione difficile, ottengono di recitare al cospetto del principe di Conti, appassionato di teatro e noto libertino. Il principe accorda la sua protezione e i teatranti partono in tournée per la Languedoc.

1655

Molière mette in scena la sua prima commedia: *L'Étourdi ou le contretemps*.

1657

Il principe di Conti, ravvedutosi della sua vita dissoluta, diventa un forte osteggiatore del teatro e ritira la sua protezione alla compagnia.

1658

Molière ottiene la protezione di Gaston d'Orléans, fratello di Luigi XIII. La compagnia torna a Parigi e recita davanti al re, il quale, entusiasta, le accorda il suo favore. L'anno successivo va in scena il primo successo parigino di Molière: *Les Précieuses ridicules*.

1662

Molière sposa Armande Béjart. Armande è la sorella minore di Madeleine ma alcuni, a causa della differenza d'età, dicono ne sia la figlia. Tra i nemici di Molière si parlerà spesso di matrimonio incestuoso. Nello stesso anno viene rappresentata *L'École des femmes*, commedia che riscuoterà grande successo ma susciterà anche molte polemiche.

1664

Molière scrive *Le Mariage forcé* con il musicista di origine italiana Jean-Baptiste Lulli; sarà l'inizio di una fruttuosa collaborazione che durerà otto anni. Poco dopo è la volta della prima versione del *Tartuffe*, la cui rappresentazione viene immediatamente vietata a causa dello scandalo suscitato.

1665

Debutta al Palais Royal *Dom Juan ou le festin de pierre*. Alcuni passaggi della commedia suscitano scandalo e vengono tagliati nelle successive rappresentazioni. Dopo quindici repliche di grande successo, però, lo spettacolo viene ritirato, nonostante non gravi su di esso nessun divieto ufficiale. Si parla di un intervento diretto da parte del re.

1666

Esce *Le Misanthrope*. L'opera viene considerata troppo seria e riceve un'accoglienza fredda. L'anno successivo Molière tenta di portare sulla scena una nuova versione del *Tartuffe*, che intitola *L'Imposteur*. L'opera viene nuovamente proibita.

1669

Il re toglie il divieto sul *Tartuffe*. Molière la porta subito in scena, riscuotendo un grande successo.

1671

Molière si dedica alla scrittura della tragedia *Psyché*. Pressato dai tempi, chiede la collaborazione di Corbeille e Quinault con i quali firma il testo.

1672

Muore Madeleine Béjart. Lulli e Molière, ormai rivali, rompono il loro sodalizio.

1673

Molière, realmente ammalato, scrive e recita *Le Malade imaginaire*. Il pubblico, incuriosito dalla situazione, corre a vederlo. Il 17 febbraio, Molière ha una crisi durante la rappresentazione. Viene portato a casa e, nella notte, si spegne. In seguito a una disputa tra la famiglia e il curato della parrocchia di Saint-Eustache, il quale intende rifiutargli la cerimonia cristiana, viene sepolto, per ordine dell'arcivescovo, nel cimitero parrocchiale «fuori dalle ore del giorno e senza servizio solenne».

Bibliografia

Opere di Molière

La Jalousie du Barbouillé, 1645-50
Le Médecin volant, 1645-50
L'Étourdie ou les contre-temps, 1655
Le Dépit amoureux, 1656
Les Précieuses ridicules, 1659
Sganarelle, ou le cocu imaginaire, 1660
Dom Garcie de Navarre, ou le prince jaloux, 1661
L'École des maris, 1661
Les Fâcheux, 1661
L'École des femmes, 1662
La Critique de l'École des femmes, 1663
L'Impromptu de Versailles, 1663
Le Mariage forcé, 1664
Tartuffe, 1664
Les Plaisirs de l'Île enchantée, 1664
La Princesse d'Élide, 1664
Dom Juan ou le festin de pierre, 1665
L'Amour médecin, 1665
Le Misanthrope, 1666
Le Médecin malgré lui, 1666
Mélicerte, 1666
La Pastorale comique, 1667
Le Sicilien ou l'amour peintre, 1667
Amphitryon, 1668
Georges Dandin ou le mari confondu, 1668
L'Avare, 1668

Le Tartuffe, 1669 (2ª versione)

Monsieur de Pourceaugnac, 1669

Les Amants magnifiques, 1670

Le Bourgeois gentilhomme, 1670

Psyché, 1671 (con Corneille e Quinault)

Les Fourberies de Scapin, 1671

La Comtesse d'Escarbagnas, 1671

Les Femmes savantes, 1672

Le Malade imaginaire, 1673

Studi critici

M. Apollonio, *Molière*, Morcelliana, Brescia 1942.

P. Brisson, *Molière: sa vie dans ses œuvres*, Gallimard, Paris 1942.

W.G. Moore, *Molière: A New Criticism*, Clarendon Press, Oxford 1949.

D. Romano, *Essai sur le comique de Molière*, A. Francke, Berne 1950.

B. Bray, *Molière, homme de théâtre*, Mercure de France, Paris 1954.

G. Mongrédien, *Recueil des textes et des documents du XVIIᵉ siècles relatifs à Molière*, Éditions du CNRS, Paris 1965.

M. Gutwirth, *Molière, ou l'invention comique*, Minard, Paris 1966.

M. Descotes, *Molière et sa fortune littéraire*, Ducros, Paris 1970.

R. Jasinski, *Molière*, Hatier, Paris 1970.

A. Simon, *Molière par lui-même*, Seuil, Paris 1970.

S. Chevalley, *Molière en son temps: 1622-1673*, Minkoff, Paris - Genève 1973.

B. Guicharnaud, *Molière: a collection of critical essays,* Prentice-Hall, Englewood Cliffs 1973.

J.-P. Collinet, *Lectures de Molière*, A. Colin, Paris 1974.

F. Hartau, *Molière in Selbstzeugnissen und Bilddokumenten*, Rowohlt, Reinbek 1976.

R. Baader (a cura di), *Molière*, Wissenschaftliche Buchgesellschaft, Darmstadt 1980.

H.T. Barnwell, *Molière, Le Malade imaginaire*, Grant and Cutler, London 1982.

W.D. Howarth, *Molière: A Playwright and his Audience*, Cambridge University Press, Cambridge 1982.

G. Conesa, *Le Dialogue moliéresque*, PUF, Paris 1983.

R. Horville, *Molière et la comédie en France au XVIIe siècle*, Nathan, Paris 1983.

J. Grimm, *Molière*, Metzler, Stuttgart 1984.

G. Macchia, *Il silenzio di Molière*, Mondadori, Milano 1985.

J. Truchet (a cura di), *Thématique de Molière: six études suivies d'un inventaire des thèmes de son théâtre*, Société d'Édition d'enseignement supérieur, Paris 1985.

J. Hösle, *Molière. Sein Leben, sein Werk, seine Zeit,* Piper, München - Zürich 1987.

A. Simon, *Molière, une vie*, La manufacture, Lyon 1987.

C. Venesoen, *La relation matrimoniale dans l'œuvre de Molière*, Lettres Modernes, Paris 1989.

G. Forestier, *Molière en toutes lettres*, Bordas, Paris 1990.

P. Hampshire Nurse, *Molière and the comic spirit*, Droz, Genève 1991.

P. Dandrey, *Molière ou l'esthétique du ridicule*, Klincksieck, Paris 1992.

R. McBride, *Triumph of ballet in Molière's theatre*, Mellen Lewiston (N.Y), Queenstown (Ont.), Lampeter (Wales) 1992.

C. Mazouer, *Molière et ses comédies-ballets*, Klincksieck, Paris 1993.

P. Force, *Molière ou Le prix des choses: morale, économie et comédie*, Nathan, Paris 1994.

J. Morgante, *Forme del comico nel teatro di Molière*, CUEM, Milano 1995.

F. Fiorentino, *Il ridicolo nel teatro di Molière*, Einaudi, Torino 1997.

M. Baschera, *Théâtralité dans l'œuvre de Molière*, G. Narr, Tübingen 1998.

C. Bourqui, *Claude: Les Sources de Molière: répertoire critique des sources littéraires et dramatiques*, SEDES, Paris 1999.

L. Sterpellone, *Molière: un malato poco immaginario*, Medi, Abbiategrasso 1999.

B. Parent, *Variations comiques: les réécritures de Molière par lui-même*, Klincksieck, Paris 2000.

J. Pineau, *Joseph: Le théâtre de Molière: une dynamique de la liberté*, Lettres Modernes Minard, Paris 2000.

IL TARTUFO o L'IMPOSTORE

Commedia in cinque atti

NOTIZIA

«Era il 12 maggio (al tempo di grandiosissime feste date nel 1664 in Versailles da Luigi XIV), e in mezzo a tutta quella pompa, a quegli ori, allo splendore delle torcie e dei gioielli, in questa amorosa e artificiosa atmosfera, un uomo vestito di nero apparve sulla scena e, con voce smorzata e profonda, recitò dei versi che erano destinati a mettere sossopra il secolo. Il re era tutto occupato di Mademoiselle de La Vallière, dei diamanti della sua corazza, delle piume color fiamma del suo casco, delle sue maschere di cartapesta; ma egli aveva l'occhio giusto e la testa sempre a posto quando bisognava. Uno spettacolo colpisce molto più che la lettura: i sensi vi sono direttamente interessati, la collarina aveva un bell'essere comune alla gente di Chiesa e ai leguleii, ma le parole di Tartufo non evocavano certo i Tribunali...» Così ottimamente il Fernandez a proposito della prima recita del *Tartufo*: la sollevazione nel campo religioso fu immediata e il re, spinto molto probabilmente dall'Arcivescovo di Parigi, interdisse la commedia. Invano intervennero il Principe di Condé, il Cardinale di Chigi, Molière stesso, a viva voce presso il sovrano, e con un *placet* presentato non molto tempo dopo. Non restava a Molière che difendersi dai violentissimi attacchi della parte avversa (favorito in questo dallo stesso sovrano) e attendere tempi migliori. Il *Tartufo* nel frattempo venne rappresentato privatamente: il 25 settembre, presso "Monsieur", il fratello del re; il 29 novembre sotto gli auspici di Condé. Sembra però che l'anno seguente la stessa interruzione del *Dom Juan*, dopo quindici recite, e la mancata pubblicazione della commedia, fossero dovute a ordini superiori.

Ma Molière non cede: si tratta del suo stesso prestigio, della libertà del suo teatro e anche, non bisogna dimenticarlo, dei suoi interessi, giacché le recite della compagnia andavano alimentate di continuo con novità, e la curiosità risvegliata nel pubblico intorno al *Tartufo* avrebbe, come fu, aumentato ancora il successo.

Cristina di Svezia, da Roma, s'interessa alla commedia; Anna d'Austria, la madre del re, non ultima causa dell'interdizione, muore nel 1666. Sembra che Molière approfittasse persino dell'irritazione di Luigi XIV verso i giansenisti per facilitare la recita dell'opera sua – i sentimenti di Orgone non hanno in fondo un po' del giansenista? – e ottenesse un permesso ufficioso di rappresentazione, in occasione delle feste di S. Germano, mentre il re era in Fiandra con l'armata.

Tartufo apparve in scena in abito secolare, col nome di Panulfo (Panulphe); ma la Corte del Parlamento intervenne, facendo valere la vecchia sentenza. Molière mandò al re un secondo *placet*, rispettoso nella forma ma energico e risoluto più che mai, dove minacciava addirittura di smettere di scrivere commedie *si les tartuffes ont l'avantage*. Il re promise il suo appoggio, mentre l'Arcivescovo di Parigi scomunicava tutti quelli che avessero assistito alla rappresentazione (scomunica che pare spiacesse molto a Luigi XIV): il Palais Royal, il teatro di Molière, restò chiuso per qualche tempo.

Molière dette ancora la sua commedia il 25 dicembre, ma dovette desistere per il momento, riprendendo il *Misantropo*. Si dovette attendere ancora, ma ormai gli eventi maturavano. Nel 1669 la cosiddetta *paix de l'Église* dette occasione a Molière di rimettere senz'altro in scena la commedia tal quale essa era stata scritta: e fu il 5 febbraio di quell'anno. Un terzo *placet* ringrazia della *grande résurrection de Tartuffe*, resuscitato dalla benevolenza del re. La commedia ebbe ventotto rappresentazioni consecutive e fu ridata almeno venti volte nel corso di quello stesso anno.

M.B.

PREFAZIONE

È questa una commedia sulla quale si è fatto molto rumore, che è stata lungamente perseguitata, e a proposito della quale il genere di persone che essa pone in ridicolo ha mostrato chiaramente di essere ben più potente in Francia di tutte le altre persone satireggiate finora. I "marchesini", le "preziose", i cornuti, e i dottori hanno sopportato di buona grazia di essere messi in commedia e hanno fatto mostra di divertirsi, con tutti gli altri, alla loro propria caricatura; ma gli ipocriti non han voluto saperne di scherzi; si sono subito inalberati e hanno trovato ben strano che io avessi l'ardire d'imitare le loro smorfie e di volere screditare una professione esercitata da tanti galantuomini. È un delitto che essi non mi perdoneranno mai, e si sono levati in armi contro la mia commedia con un accanimento spaventevole. Ma si sono guardati bene dall'attaccarsi al lato messo in ridicolo: sono troppo buoni politici per far questo e conoscono troppo bene il mondo per mostrare a nudo così la loro anima. Secondo la loro lodevole abitudine, essi hanno ricoperto la loro propria causa con lo schermo del Signore; e *Il Tartufo*, stando a loro, è soprattutto una commedia che offende la religione, è abominevole da un capo all'altro, e non c'è nulla in essa che non meriti il rogo. Ogni sua sillaba è empia, gli stessi gesti degli attori sono criminali; e la più piccola occhiata, il minimo cenno del capo, il minimo movimento a destra o a sinistra alludono a misteri che, secondo loro, si possono spiegare soltanto dicendo male di me.

Ho avuto un bel sottoporla all'opinione dei miei amici, alla critica di tutti; le correzioni che vi ho potuto fare, il giudizio del re e della regina che l'hanno sentita, l'approvazione dei grandi principi e dei ministri che l'hanno onorata pubblicamente della loro presenza, la testimonianza concorde, infine, di tutte le persone oneste che l'hanno trovata ottima e benefica, tutto ciò non mi ha valso nulla. Essi non la vogliono smettere: e ancor oggi, di giorno in giorno, mandano in giro per il pubblico degli indiscreti zelatori che mi coprono santamente d'ingiurie e che mi dannano senza remissione, per carità cristiana.

Io mi curerei ben poco di quanto possono dire, se non fosse che il loro artificio riesce a rendermi nemiche le persone che rispetto, a tirar dalla loro parte dei veri galantuomini, dei quali essi sorprendono la buona fede, e che, devoti come sono alla causa della vera religione, accolgono facilmente queste calunnie. Per questo sono obbligato a difendermi. Ed è davanti ai veri devoti che voglio proprio giustificarmi del contenuto della mia commedia: io li scongiuro di tutto cuore di non voler condannare le cose prima di averne conoscenza, di spogliarsi di ogni prevenzione e di non volersi prestare a servire le basse passioni degli ipocriti che li disonorano.

Chi si vuol prendere la pena di esaminare in buona fede la mia commedia non mancherà di scorgere che le mie intenzioni sono del tutto innocenti, e che essa non tende per nulla a schernire quello che noi tutti dobbiamo rispettare; che ho trattato l'argomento con tutte le precauzioni e la delicatezza che richiedeva; che ho messo a profitto tutta la mia arte e tutte le cure possibili per distinguere bene il personaggio dell'ipocrita da quello del vero religioso. Ho usato per questo due atti interi a preparare l'entrata in scena dello scellerato. Egli non lascia in dubbio un solo istante l'uditorio sul vero esser suo: lo si riconosce subito dai segni distintivi che gli ho dato; e, da un capo all'altro della commedia, non dice una parola, non fa una sola azione che non serva a dimostrare chiaramente agli spettatori il suo carattere malvagio e non faccia risplendere per contro la figura del vero galantuomo che gli oppongo.

Io so bene che, di rimando, questi signori cercano d'insinuare che non sta bene trattar in teatro di certe cose; ma chiederò loro, col loro permesso, su quali argomenti essi fondano questa bella massima. È una sentenza meramente supposta per vera, e che essi non provano in alcun modo; e senza dubbio non sarebbe difficile dimostrar loro che la commedia, presso gli antichi, ha origine religiosa, che essa faceva parte dei loro misteri religiosi; che gli spagnoli, nostri vicini, non celebrano solennità senza che vi sia recitata una commedia, e che persino tra noi ogni rappresentazione teatrale deve la sua origine a una confraternita che possiede ancor oggi il Théâtre de Bourgogne, che questo teatro fu creato per rappresentarvi i più importanti misteri della nostra fede; che vi si trovano ancora delle commedie stampate in caratteri gotici, sotto il nome di un dottore della Sorbona; e che, senza andare a cercare così lontano, si sono messe in scena, in questi tempi, alcune rappresentazioni di argomento sacro del signor Corneille, che sono state l'ammirazione di tutta la Francia.

Se il compito della commedia è di correggere i vizi degli uomini, non vedo per qual ragione ci debbano essere dei vizi privilegiati. Questo che colpisco è uno dei più dannosi, nella vita della nazione, che si possano trovare; e noi sappiamo bene che il teatro è di grande efficacia per correggere tutti i vizi. I migliori argomenti di un'austera morale sono spesso meno efficaci di una buona satira; e nulla serve a far ravvedere la maggior parte degli uomini quanto la pittura dei loro difetti. È un gran colpo per tutti i vizi l'esporli così alla derisione dell'universale. Si possono sopportare facilmente le riprensioni: non si può sopportare la satira. Gli uomini acconsentono di buon grado a essere malvagi: non vogliono mai, però, essere ridicoli.

Mi si rimprovera di aver messo discorsi di religione in bocca al mio impostore. Ma come potevo farne a meno, volendo rappresentare il carattere di un ipocrita? Basterà, mi sembra, che io manifesti i motivi criminosi che lo spingono a usare queste frasi, e che abbia cura di non mescolarvi parole consacrate, ché si proverebbe pur sempre un senso di fastidio sentendole contaminate da lui. – Ma egli difende, al quarto atto, una morale perniciosa. – Ma questa morale non è forse tale che il mondo intero ne ha piene le orecchie? Gli faccio forse dire nulla di nuovo nella mia commedia? E si potrà temere che argomenti così universalmente detestati facciano qualche impressione sugli spiriti, che io li renda pericolosi inscenandoli sul teatro, che essi ricevano una qualunque autorità dalla bocca di uno scellerato? Pare che non possa esser vero; e si dovrà, quindi, o approvare la commedia del *Tartufo*, o condannare generalmente tutte le commedie.

Perché difatti anche questo è un accanito argomento da qualche tempo in qua; e mai ci si era scatenati a tal punto contro il teatro. Io non posso negare che ci siano stati Padri della Chiesa che hanno condannato ogni spettacolo teatrale: ma non mi si potrà negare d'altra parte che ce ne sia stato qualcun altro che l'ha accettato con maggiore sopportazione. Così l'autorità sulla quale si pretende di fondare questa censura è infirmata dalla divisione dei pareri: e tutta la conseguenza che si potrà derivare da questa disparità di opinioni in spiriti egualmente rischiarati dalla fede è che essi hanno considerato la commedia da due punti di vista differenti, e che gli uni l'hanno considerata nell'innocenza sua propria, gli altri nella corruzione del teatro, confondendola con tanti disonesti spettacoli che si ebbe spesso ragione di chiamare spettacoli di turpitudine.

Ma insomma, poiché si deve trattare delle cose e non delle parole, e la maggior parte dei contrasti provengono spesse volte dal non intendersi bene o dall'indicare con la stessa parola due cose opposte, basterà dissipare la nebbia dell'equivoco e osservar bene che cosa vuol dire di per sé "commedia", per vedere se essa è condannabile. Si vedrà senza dubbio che, non essendo essa altro se non un'ingegnosa composizione poetica, la quale, con modi piacevoli, satireggia i difetti degli uomini, non si potrebbe censurarla senza ingiustizia; e se noi volessimo udire in proposito la testimonianza degli antichi, essa ci dirà che i più celebri filosofi hanno lodato la commedia, quelli stessi che facevano professione della più austera saggezza e che si scagliavano continuamente contro i vizi dei tempi loro. Vedremo che Aristotele ha consacrato laboriose veglie al teatro e si è preso cura di ridurre in precetti l'arte di scriver commedie. Vedremo i più grandi uomini dell'antichità, e tra i più notevoli in dignità personale, farsi una gloria di scrivere essi stessi per il teatro, e vedremo che altri non hanno sdegnato recitare in pubblico le commedie da loro stessi composte; che la Grecia ha dimostrato la sua stima per quest'arte coi premi gloriosissimi e con gli splendidi teatri coi quali essa ha saputo onorarla; e che in Roma, infine, quest'arte medesima ha ricevuto egualmente onori eccezionali: e non dico già nella Roma viziosa e licenziosa degli imperatori, ma nella Roma austera e disciplinata, sotto la saggezza dei consoli, e nei tempi del maggior vigore della virtù romana.

Confesso che vi furono tempi in cui la commedia si è corrotta. Ma c'è forse qualcosa in questo mondo che non sia continuamente soggetto a corruzione? Non c'è cosa per sé tanto innocente che gli uomini non possano piegare al vizio; non c'è arte salutare della quale essi non si dimostrino capaci d'invertire gli scopi: niente che sia per sé tanto buono da non poter essere rivolto a cattivo uso. La medicina è un'arte utilissima, e ciascuno la riverisce come una delle migliori discipline che noi abbiamo: nondimeno vi sono tempi in cui essa si è resa odiosa, e spesso, anche, se ne è fatta l'arte di avvelenare gli uomini. La filosofia è un dono del cielo; essa ci è stata data per guidare i nostri spiriti alla conoscenza di Dio, seguendo la contemplazione delle meraviglie della natura: nondimeno, nessuno ignora che spesso essa è stata stornata dal suo vero ufficio e impiegata pubblicamente per sostenere l'empietà. Anche le cose più sante non sono al riparo dalla corruzione degli uomini: e noi vediamo, tutti i giorni, scellerati che abusano della religione e se ne servono perfidamente per i più grandi delitti. Ma non per questo noi rinunceremo a fare la distinzione che è indispensabile fare. Non si può coinvolgere con una falsa argomentazione la bontà intrinseca delle cose che si possono corrompere e la malizia dei corruttori. Si separa sempre il cattivo uso dall'intenzione dell'arte: e allo stesso modo che ci si guarda bene dal proibire la medicina, pur essendo essa stata bandita da Roma, o la filosofia perché fu condannata pubblicamente in Atene, non si deve per questo interdire la commedia per essere stata censurata in certe epoche.

Questa censura ebbe le sue ragioni, che non sussistono più oggigiorno. Essa si è limitata alle materie che allora giudicava, e noi non dobbiamo estenderla al di fuori dei confini che essa stessa si è dati, spingerne le conseguenze troppo lontano, fino a farle condannare l'innocente insieme col colpevole. La commedia che essa volle condannare non ha niente a che fare col genere di commedia che noi vogliamo difendere. Bisogna guardarsi bene dal confondere le due cose. Sono due soggetti di costumi del tutto opposti. Esse non hanno tra loro relazione alcuna all'infuori dell'identità del nome; e sarebbe una spaventevole ingiustizia voler condannare Olimpia, che è una donna onesta, con la scusa che esiste un'altra Olimpia che è stata una sfrontata. Simili sentenze, senza dubbio, farebbero nascere i maggiori disordini in questo mondo. Nulla si salverebbe in questo modo da una condanna; e poiché non si adopera mai questo rigore per tante cose delle quali noi vediamo abusare tutti i giorni, si dovrà pure usare lo stesso trattamento con la commedia e approvare i componimenti teatrali nei quali si vedranno dominare il desiderio di elevare il pubblico e l'onestà.

So bene che ci sono spiriti tanto scrupolosi da non poter sopportare nessuna specie di commedia; i quali protestano che le commedie più oneste sono appunto le più pericolose, che le passioni da esse descritte sono altrettanto più commoventi quanto più virtuose e che le anime si lasciano intenerire da questo genere di spettacoli. Ma non vedo qual delitto sia l'intenerirsi alla vista di una passione virtuosa: ed è un grado di virtù veramente troppo alto questa perfetta insensibilità alla quale essi vogliono ridurre la nostra anima. Io dubito che una sì grande perfezione sia nella possibilità della natura umana e credo che sia molto meglio lavorare a raddrizzare e a ingentilire le passioni degli uomini piuttosto che pretendere di sopprimerle del tutto. Sono pronto a confessare che vi sono luoghi che sarà più meritorio frequentare che non il teatro; e, qualora si volesse condannare ogni cosa che non riguardi direttamente Dio e la salute dell'anima, è certo che si dovrà condannare la commedia, e io mi guarderò bene dall'oppormici; ma se noi ammetteremo, come è in realtà, che gli esercizi spirituali possano lasciarci degli intervalli e che gli uomini abbiano talvolta bisogno di divertimento, io sostengo che non si potrebbe trovarne uno più innocente della commedia. Ma già sono andato troppo per le lunghe. Termineremo con la battuta di un grandissimo principe sulla commedia del *Tartufo*.

Otto giorni dopo che essa era stata proibita, si rappresentò dinanzi alla corte una farsa intitolata *Scaramuccia eremita*; e il re, uscendo di teatro, disse a quel grande principe che so io: «Mi piacerebbe proprio sapere perché certa gente che si scandalizza tanto per la commedia di Molière non dice una parola per questo *Scaramuccia*»; al che il principe: «La ragione di questo fenomeno è che la commedia di *Scaramuccia* schernisce il Cielo e la religione, cose delle quali questi signori non si curano affatto: ma quella di Molière schernisce loro stessi, il che essi non potranno mai sopportare».

Molière

PERSONAGGI

MADAMA PERNELLA, madre di Orgone.

ORGONE, marito di Elmira.

ELMIRA, moglie di Orgone.

DAMIDE, figlio di Orgone.

MARIANNA, figlia di Orgone, che ama Valerio.

VALERIO, pretendente di Marianna.

CLEANTE, cognato di Orgone.

TARTUFO, falso devoto.

DORINA, governante di Marianna.

IL SIGNOR LEALE, sergente.

UN UFFICIALE DEL PRINCIPE.

FILIPPA, serva di madama Pernella.

La scena è a Parigi.

ATTO PRIMO

Scena I

MADAMA PERNELLA, ELMIRA, MARIANNA, CLEANTE,
DAMIDE, DORINA, FILIPPA

MADAMA PERNELLA. Via, via, Filippa, andiamo, che non li
veda più!

ELMIRA. Ma correte via così svelto che non vi si può star
dietro.

MADAMA PERNELLA. Lasciate perdere, nuora carissima, lasciate perdere! Tutte queste cerimonie non mi fanno né
caldo né freddo.

ELMIRA. Io faccio il mio dovere. Ma, ditemi, vi prego, perché andate via così di furia?

MADAMA PERNELLA. Perché non posso più vedermi in questa casa; perché non si ha nessun riguardo per me. Sì, esco
di qui proprio pochissimo edificata: in tutto quello che
dico non trovate che da contrariarmi; qui non si rispetta
più nulla, tutti alzano la voce, sembra la Corte del Re
Straccione.

DORINA. Ma...

MADAMA PERNELLA. E voi siete, ragazza mia, una governante con la lingua un po' troppo lunga, e molto impertinente, che volete ficcare il naso in quel che non vi riguarda!

DAMIDE. Eppure...

MADAMA PERNELLA. E voi, ragazzo mio, siete un asino cal-
zato e vestito: ve lo dico io che sono vostra nonna; l'avrò
detto cento volte a mio figlio, il vostro papà, che voi
mettevate su delle arie da cattivo soggetto, e non gli
avreste dato che dispiaceri.

13

MARIANNA. Ma io credo...

MADAMA PERNELLA. Dio mio! E voi, la sorellina, fate la gatta morta, non sapete mai nulla, non c'entrate mai in nulla; ma non c'è peggior acqua dell'acqua cheta, è un proverbio: e voi, sottomano, vi conducete in un modo che non mi piace per nulla.

ELMIRA. Infine, mamma...

MADAMA PERNELLA. Nuora carissima, non ve l'abbiate a male, ma la vostra condotta non potrebb'essere peggiore: starebbe a voi dare il buon esempio; la loro povera mamma di prima valeva molto più di voi. Voi siete sciupona; ed io non posso proprio sopportare che voi andiate vestita così, come una principessa. Chi vuole piacere soltanto al proprio marito non ha bisogno di tante raffinatezze.

CLEANTE. Ma, signora, dopo tutto...

MADAMA PERNELLA. Quanto a voi, poi, il signor fratello, io vi son devotissima, vi amo e vi riverisco; però, se fossi nei panni di mio figlio, saprei pregarvi molto bene di non mettere più i piedi in casa nostra. Voi non sapete far altro che predicare certi principi che le persone oneste non dovrebbero mai seguire. Scusate se vi parlo così, ma è il mio carattere, e io non sto a rimuginare quello che ho dentro.

DAMIDE. Quel vostro signor Tartufo è però ben fortunato...!

MADAMA PERNELLA. È una persona dabbene, e bisogna ascoltarlo: io non posso sopportare senza irritarmi di sentirlo criticare da un pazzo come voi.

DAMIDE. Come? E io dovrò sopportare che quel bigottone di un critico venga qui dentro a farla da padrone, e che noi non possiamo più prenderci il minimo divertimento, se quel signore non vuole darci il permesso?

DORINA. A dare ascolto a lui, a sentire le sue belle massime, non si potrebbe più far nulla senza commettere un delitto; e controlla tutto, questo critico zelante.

MADAMA PERNELLA. Tutto quello che controlla è benissimo

controllato. Egli vi vuol guidare sulla via della religione: e mio figlio dovrebbe persuadervi tutti ad amarlo.

DAMIDE. Guardate, nonna cara, non c'è padre che tenga, non c'è nulla che mi possa obbligare a volergli bene: direi una bugia se parlassi diverso, tutti i suoi modi mi irritano; prevedo che si andrà a finir male, con questo zoticone, e a un bel momento non mi saprò più contenere!

DORINA. Certo è una cosa da fare diventar matti, questo sconosciuto che vien qui come un padrone; questo straccione che quando entrò qui in casa non aveva neanche le scarpe, lurido e strappato, e che ora arriva a tal punto da ficcare il naso in ogni cosa e fare il tiranno...

MADAMA PERNELLA. Eh, alla grazia! Sarebbe ben meglio se tutto andasse secondo i suoi santi ordini!

DORINA. Siete voi che ve lo immaginate un santo: per me, lo dico chiaro, è solo ipocrisia.

MADAMA PERNELLA. Siete la pettegola!

DORINA. Tanto di lui, quanto di quel suo Lorenzo, io non mi fiderei nemmeno per un'unghia.

MADAMA PERNELLA. Del servitore io non so nulla; ma il padrone è un galantuomo, lo garantisco. Voi tutti gli volete male e non lo potete soffrire perché vi parla chiaro e dice a ciascuno quel che gli spetta. Egli si scaglia sempre contro il peccato e non parla che nell'interesse della fede.

DORINA. Sarà; ma perché mai, da qualche tempo in qua, non può sopportare nessuno che venga a casa nostra? Che c'entra la vera fede con una visita innocente, e che bisogno c'è di farne un fracasso da intronarci a tutti il cervello? Volete che vi dica la verità, qui tra noi?... (*Indicando Elmira*) Io direi proprio che è geloso della signora.

MADAMA PERNELLA. Tacete e pensate a quel che dite! Non è lui solo che trova da dire su tutte queste visite: tutto questo movimento, questa gente che vi viene a trovare, queste carrozze continuamente alla porta e quelle compagnie di lacché che fan gran chiasso disturbano tutto il

15

vicinato. Voglio ben credere che in fondo in fondo non ci sia nulla di male; ma infine si sussurra, e questo non va.

CLEANTE. Eh! Vorreste forse, signora, impedire alla gente di parlare? Staremmo freschi, nella vita, se per le sciocche dicerie dei pettegoli bisognasse rinunciare alle nostre migliori amicizie. E quand'anche ci decidessimo a farlo, credete che la gente starebbe zitta per questo? Contro la maldicenza non c'è difesa che tenga. L'unica è non pensar mai ai pettegolezzi, cercar di vivere con la coscienza tranquilla e lasciar dire ai chiacchieroni tutto quello che vogliono.

DORINA. Quella signora Dafne, qui vicino, e il suo sposino, non saran mica di quelli che parlano male di noi? La gente che più dovrebbe guardare a sé è sempre la prima a parlar male degli altri: non mancano mai di cogliere il più piccolo barlume di una qualsiasi relazione, di spargerne la voce con la più gran gioia e di colorirla a modo loro; essi sperano forse di scusare la loro condotta con l'esempio degli altri, e di dare alle loro azioni l'aspetto più innocente, paragonandole a quelle della gente onesta, o di scaricare sugli altri un poco di quel biasimo che giustamente li perseguita.

MADAMA PERNELLA. Tutti questi ragionamenti non c'entrano. Si sa che la signora Orante conduce una vita esemplare; che non pensa che a Dio: e io ho proprio saputo, da certe persone, che essa disapprova pienamente tutto questo movimento di casa vostra.

DORINA. L'esempio è proprio ammirevole, e quella signora è troppo buona! È verissimo che vive come una santa, ma è l'età che le ha fatto nascere nell'anima tutto questo zelo, e si sa che ormai è onesta, ma per forza. Finché ha potuto farsi ammirare ed amare da tutti, si è guardata bene dal rinunciare a questo piacere; ed ora, che ha visto le sue grazie oscurarsi pian piano, rinuncia a una vita che non è più per lei e maschera la sua decadenza ostentando quest'improvvisa santità. È il solito gioco di certe civette: è duro vedersi abbandonare dagli ammiratori, e in questa malinconia la loro triste inquietudine non trova nulla di meglio che mettersi a far la bigotta. Così l'austerità di queste brave persone si mette a criticare tutto, e non risparmia nessuno. Si danno alla maldicenza. E non per carità vera, ma solamente per invidia, perché non possono sopportare che un'altra si goda quei piaceri che l'età ha ormai rubato da gran tempo a loro.

MADAMA PERNELLA (*a Elmira*). Ecco i bei discorsi, nuora carissima, che bisogna fare per piacervi! Io non posso far altro che tacere: perché la signora già tiene sempre lei il mazzo. Ma infine, vorrò pur dire anch'io la mia: e vi dirò che mio figlio non ha mai fatto cosa più saggia che l'accogliere in casa sua questa santa persona. Che il Cielo l'ha mandato qua dentro per rimettervi tutti sulla buona strada; che, per la salute dell'anima vostra, voi dovete ascoltarlo; che Tartufo non critica nulla che non sia degnissimo di essere criticato. Tutte queste visite, questi balli, questi ricevimenti, sono tutte invenzioni del diavolo. Non ci si sente mai una parola di religione: non sono che chiacchiere oziose, bagattelle e sciocchezze; e troppo spesso il prossimo non manca di farne le spese, e ci si sente dir male del terzo e del quarto. Insomma, le persone di buon senso si confondono nella baraonda di simili riunioni: in meno d'un minuto si odono cento pettegolezzi; e, come ha detto molto bene l'altro giorno un sant'uomo, è una vera torre di Babilonia, tutti fanno andar la lingua senza rispetto di nessuno; e anzi, per raccontarvi il discorso che fece a questo proposito... (*Segnando col dito Cleante*) Ma quel signore non trova già da ridere? Fareste meglio ad andare a cercare i matti vostri pari, se volete ridere di qualcuno! (*A Elmira*) E senza star lì... Arrivederci, cara la mia nuora: per oggi basta così. Sappiate però che intanto vi ho cancellati dal mio libro, e prima che rimetta i piedi qua dentro, dovrà passare un bel po'. (*Dando un ceffone a Filippa*) Su, su, sveglia perbacco: state lì addormentata! Virtù di Dio, saprò ben io riscaldarvi le orecchie! Andiamo, talpona, avanti, marsc!

17

Scena II

CLEANTE, DORINA

CLEANTE. Mi guarderò bene dall'andarci, non vorrei che venisse ancora a prendersela con me: davvero questa buona vecchietta...

DORINA. Oh! È proprio un peccato che non vi possa sentire mentre parlate in questo modo: vi saprebbe bene dir lei che avete voglia di scherzare, e che non è ancora in età da chiamarla così.

CLEANTE. È partita di carriera per un nonnulla. Davvero questo Tartufo per lei è meglio d'un santo!

DORINA. Oh, ma questo non è ancora niente a confronto di suo figlio! Se voi lo vedeste, direste: è peggio ancora! I pericoli della nazione gli avevano messo la testa a posto, ed egli ha saputo mostrar del valore in servizio del Principe. Ma ora, che si è innamorato di Tartufo, è come istupidito: lo chiama fratello, lo predilige dal fondo dell'anima cento volte di più che se fosse sua madre, i suoi figli o sua moglie. È lui l'unico confidente dei suoi segreti, il savio direttore di tutte le sue azioni. Egli lo coccola, lo abbraccia; credo che con un'amante non ci si potrebbe mostrare più teneri. A tavola lo vuol far sedere al posto d'onore; e sta lì a rimirarlo, incantato di vederlo mangiare per sei; ogni buon boccone dev'essere suo, e se per caso fa un rutto, subito gli grida: «Dio v'abbia in grazia!». Insomma egli ne va matto: Tartufo è tutto per lui, è il suo eroe; l'ammira in ogni suo tratto, lo cita a ogni istante; le sue minime azioni gli sembrano dei miracoli, e ogni parola ch'egli pronunci è peggio della sentenza di un oracolo. E quell'altro, che ha conosciuto il merlo e che vuole sfruttarlo fino in fondo, trova modo di sbalordirlo con mille falsità; con la scusa della religione gli cava sempre dei denari e si crede in diritto di far osservazioni su tutti noi. Ma persino quello sciocco che gli fa da servitore si mette in mezzo a ogni momento e pretende di farci lezione! Viene a farci la predica con gli occhi feroci, a strapparci i nastri, a buttar via il nostro rossetto o i nei, e l'altro giorno mi ha giusto strappato di sua mano un fazzoletto che trovò nel "Fiore dei Santi", dicendo che noi mescolavamo, con delitto imperdonabile, le blandizie del demonio alla santità.

Scena III

ELMIRA, MARIANNA, DAMIDE, CLEANTE, DORINA

ELMIRA (*rientrando, a Cleante*). Siete ben fortunato di non aver assistito al bel discorso che ci ha tenuto giù sulla porta. Ma ecco mio marito: siccome non mi ha ancora vista, voglio andare su in stanza ad aspettarlo.

CLEANTE. Io invece lo aspetterò qui per perdere meno tempo: lo voglio solamente salutare.

Scena IV

CLEANTE, DAMIDE, DORINA

DAMIDE. Mi raccomando, parlategli un po' del fidanzamento di mia sorella: chissà perché, ho idea che Tartufo sia contrario, che sia lui che obbliga mio padre a questi continui ritardi; e voi non ignorate quanto mi stia a cuore... Se mia sorella e Valerio si amano, la sorella di Valerio sapete pure quanto mi è cara; e se mai occorresse...

DORINA. Eccolo.

Scena V

ORGONE, CLEANTE, DORINA

ORGONE. Oh! Fratello mio, buon giorno.

CLEANTE. Stavo per uscire e ho il piacere di vedervi di ritorno. La campagna è già fiorita?

ORGONE. Dorina... (*A Cleante*). Cognato mio, aspettate un momento, vi prego. Volete permettermi, per mia tranquillità, d'informarmi un poco di casa mia? (*A Dorina*) In questi due giorni tutto è andato bene? Che si fa qui? Come state?

DORINA. La signora l'altro ieri ebbe la febbre fino a sera, con un mal di testa proprio incredibile.

ORGONE. E Tartufo?

DORINA. Tartufo? Lui sta benone, grosso e grasso, fresco e colorito che è una meraviglia.

ORGONE. Poverino!

DORINA. La sera poi ebbe una gran nausea e a cena non poté toccare nemmeno un boccone, tanto quel mal di testa la metteva fuori di sé!

ORGONE. E Tartufo?

DORINA. Ha cenato, lui solo, davanti a lei; e con molta devozione si è divorato due pernici, con una buona metà di cosciotto in salmì.

ORGONE. Poverino!

DORINA. La notte intera passò senza che la signora potesse mai chiudere un occhio: continui sudori le impedivano di prender sonno, e bisognò vegliarla fino all'alba.

ORGONE. E Tartufo?

DORINA. Invitato da un dolcissimo desiderio di sonno, passò nel suo letto al levarsi da tavola; e là, tranquillamente, fece un sonno solo fino al mattino.

ORGONE. Poverino!

DORINA. Infine, persuasa dalle nostre pressioni, ella si risolse a farsi fare un salasso; e se ne sentì sollevata immediatamente.

ORGONE. E Tartufo?

DORINA. Lui riprese coraggio come si deve e, fortificandosi bene contro ogni male, per riparare al sangue che aveva perduto la signora, bevve, al suo desinare, quattro bei bicchieri di buon vino.

ORGONE. Poverino, poverino!

DORINA. Insomma, tutti e due, se Dio vuole, stanno ormai

benissimo; e io vado subito ad annunziare alla signora
l'interesse che voi prendete alla sua convalescenza.

Scena VI

ORGONE, CLEANTE

CLEANTE. Ma, mio caro, non vedete che si fa beffe di voi? E
non per farvi arrabbiare, ma vi dirò che ha ragione di
deridervi. Si è mai sentita una simile fissazione? È possibile che un uomo abbia per voi tanti pregi da farvi
dimenticare ogni altra cosa al mondo per lui? Che, dopo
averlo salvato dalla miseria, prendendovelo in casa, voi
arriviate al punto...

ORGONE. Alto là, cognato mio, voi non conoscete ancora la
persona di cui parlate.

CLEANTE. Non lo conosco, sia pure; ma infine, per sapere
che diavolo d'uomo può essere...

ORGONE. Vi garantisco che quando lo conoscerete resterete
incantato; incantato vi dico, ma per sempre. È un uomo
quello... che... ah!... un uomo... un uomo infine... Chi
segue i suoi precetti giunge alla vera pace e considera
tutto questo basso mondo come se fosse un letamaio.
Proprio così! Parlando con lui io mi sento diventare un
altro: m'insegna a distaccarmi da tutto, libera la mia anima da ogni affezione; ed io potrei veder morire ora, così,
mio fratello, i miei figli, mia madre, mia moglie, senza
che me ne facesse né caldo né freddo.

CLEANTE. Ma sapete, fratello, che sono proprio sentimenti
pieni di umanità!

ORGONE. Ah, se foste stato presente al nostro incontro,
anche voi non avreste potuto fare a meno di concepire
per lui il mio stesso affetto. Tutti i giorni era là in chiesa,
con un'aria dolce, rassegnata; e veniva a inginocchiarsi
proprio di faccia a me. Attirava su di sé l'attenzione di
tutti per l'ardore col quale elevava al Cielo le sue pre-

ghiere. Sospiri, slanci di fede, rapimenti; e ad ogni istante baciava la terra con umiltà. E quando me ne andavo, correva subito avanti per offrirmi l'acqua benedetta. Istruito da un suo servitore, che lo imitava in tutto, della sua povertà e del vero esser suo, io gli facevo qualche regaluccio; ma lui, in tutta modestia, voleva sempre restituirmene una parte: «È troppo» mi diceva «la metà è anche troppo! Io non merito di farmi compassionare così». E quando io rifiutavo di voler riprendere alcunché, andava subito a distribuire l'altra parte ai poveri, sotto i miei occhi... Infine il Cielo m'ispirò di accoglierlo in casa mia, e da allora sembra che tutto mi vada bene. Io vedo che s'interessa di tutto, che trova da ridire su tutti e che, per la mia tranquillità, si occupa col più grande interesse persino di mia moglie: mi avvisa subito di quelli che le fanno l'occhio di triglia e se ne mostra geloso tre volte più di me. Ma voi non potreste mai credere fin dove arriva il suo zelo: si accusa di peccare per la più piccola bagattella; un nulla quasi basta a scandalizzarlo! È giunto al punto di venire davanti a me ad accusarsi, l'altro giorno, d'aver acchiappato una pulce mentre stava pregando e d'averla ammazzata con troppa ira.

CLEANTE. Perbacco; ma voi siete matto, caro mio, matto da legare! Ma non vorrete mica prendermi in giro con questi discorsi? Cosa credete? Che tutte queste chiacchiere...

ORGONE. Fratello mio, questo vostro discorso mi pare un po' da eretico: voi siete un po' corrotto nell'anima, credetelo; ve l'avrò già detto dieci volte, badate bene di non fare una brutta fine.

CLEANTE. Ecco, i soliti ragionamenti che fate voi e i vostri simili! Pretendereste che tutti fossero ciechi come voi. Secondo voi aver la vista buona è segno d'eresia; e chi non si mostra incantato davanti a tutte queste smorfie non ha né rispetto né fede per le cose sacre. Via, via, questi discorsi non mi fanno paura: so ben io come parlo e Iddio vede il mio cuore. Non mi andrò mai a mettere in mano di questi istrioni; si trovan pur dei falsi devoti, come dei falsi coraggiosi: e allo stesso modo che non diremmo mai che, nelle questioni d'onore, i veri coraggiosi siano quelli che fanno più chiasso, così i veri devoti, quelli buoni, che dobbiamo imitare, non sono certo quelli che fanno tante smorfie. Come, dunque? Non vorreste fare nessuna distinzione tra la vera devozione e l'ipocrisia? Voi vorreste trattarli alla stessa maniera e onorare allo stesso modo la maschera e il volto, mettere alla pari l'artificio e la sincerità, confondere la verità con l'apparenza, stimare l'ombra quanto la persona e la moneta falsa come la buona? Gli uomini, la maggior parte, sono ben strani: non li si vede mai nel giusto mezzo. La ragione ai loro occhi sembra troppo ristretta, in ogni cosa passano sempre i limiti, e guastano sovente anche i più nobili sentimenti, per volerli esagerare e spingere troppo in là. Questo sia detto tra parentesi, s'intende, cognato mio.

ORGONE. Sì, voi siete certissimamente un dottor riverito: tutta la scienza del mondo si è rifugiata da voi; voi siete l'unico saggio, il solo intelligente: un oracolo, un Catone del nostro secolo, e a paragone di voi gli altri sono tutti stupidi!

CLEANTE. No, fratello mio, io non sono proprio un dottore riverito e tutta la scienza del mondo non si è rifugiata da me. Ma, a dirvelo in due parole, ne so quanto basta per distinguere il vero dal falso. E, così, non conosco nessun genere d'eroismo più ammirevole della vera e sincera devozione, nessuna cosa più nobile e più bella del santo fervore d'un vero religioso; ma non conosco anche nulla di più odioso del falso zelo di questi sepolcri imbiancati, di questi sfacciati ciarlatani, di questi devoti da fiera, il cui sacrilegio e le cui bugiarde smorfie scherniscono impunemente e si piglian gioco a loro piacimento di quanto gli uomini hanno di più sacro; di queste persone che, con l'anima tutta all'interesse, fanno della devozione un mestiere e un commercio e pretendono di acquistare credito e dignità con tutti questi torcicolli e questi falsi rapimenti! Queste persone, vi dico, che vediamo correre con tanto ardore, per il cammino del Cielo, alla loro fortuna personale; che, ardendo e pregando, chiedono continuamente e predicano la solitudine vivendo in mezzo alla Corte; che sanno conciliare la religione con tutti i loro vizi: e sono irascibili, vendicative, false, piene d'artifizi, e spesso, per rovinare qualcuno, mascherano insolentemente con l'interesse del Cielo i loro feroci risentimenti; tanto più pericolose nel loro maligno furore in quanto usano contro di noi quelle armi che siamo soliti riverire: mentre la loro passione, che tutti sono pronti a lodare, pretende di assassinarci con questo pugnale consacrato. E di questa gente se ne vede in giro anche troppa.

Ma i devoti di vero cuore sono facili da riconoscere. Anche nei nostri tempi, fratello mio, ne possiamo veder molti, degnissimi di servirci di esempio. Guardate Aristone, guardate Periandro, Oronte, Alcidamante, Clitandro, Polidoro: nessuno vuol contrastar loro questa gloria; e non sono mica fanfaroni, come gli altri; non si vede in loro quell'ostentazione insopportabile: la loro devozione è molto più dolce e umana. Non si divertono certo a criticare ogni nostro atto, trovano che sarebbe troppo da orgogliosi; lasciando agli altri la gloria di tante belle parole, ci rimproverano dei nostri trascorsi soprattutto col loro esempio. Essi guardano poco alle apparenze e la loro anima è sempre disposta a giudicar bene gli altri. Mai cabale, mai intrighi per loro: unica loro cura è vivere nel bene. Non li si vede mai accaniti contro un peccatore: tutto il loro odio è soltanto verso il peccato, e non vorrebbero certo prender le parti del Cielo con un certo zelo esagerato, più di quello ch'è necessario e di quello che Dio stesso pretende. Questi sono i miei uomini! Così bisogna fare; questo è il vero esempio che ci dobbiamo proporre! Il vostro Tartufo, a dirvi la verità, non mi sembra di questa razza. Voi mi vantate il suo zelo in perfetta buona fede, lo credo: ma temo che siate abbagliato da troppe false apparenze.

ORGONE. Signor cognato carissimo, avete finito?

CLEANTE. Sì.

ORGONE (*andandosene*). Servitor vostro.

CLEANTE. Prego, una parola ancora. Cambiamo pure discorso: voi sapete che Valerio spera di diventar presto vostro genero ed ha la vostra promessa.

ORGONE. Sì.

CLEANTE. E sembra che voi vi siate messo d'accordo per accontentarlo.

ORGONE. È verissimo.

CLEANTE. E perché dunque avete differito la cerimonia?

ORGONE. Io non so.

CLEANTE. Avreste forse qualche altro progetto?

ORGONE. Può darsi.

CLEANTE. E volete mancare alla vostra parola?

ORGONE. Non dico questo.

CLEANTE. Nessun ostacolo, mi pare, vi può impedire di mantenere le promesse.

ORGONE. Secondo.

CLEANTE. Oh insomma, per dire una parola c'è bisogno di tanti rigiri? Valerio mi ha incaricato di interrogarvi.

ORGONE. Sia lodato il Cielo!

CLEANTE. Ma cosa gli devo rispondere?

ORGONE. Tutto quel che vorrete.

CLEANTE. Ma dovrò pur sapere le vostre intenzioni. E quali sono dunque?

ORGONE. Di fare quello che Iddio vorrà.

CLEANTE. Ma parliamo un po' sul serio. Valerio ha la vostra parola: la manterrete sì o no?

ORGONE. Addio.

CLEANTE (*solo*). Temo qualche disgrazia per il suo amore: sarà meglio che lo avverta di quel che succede.

ATTO SECONDO

Scena I

ORGONE, MARIANNA

ORGONE. Marianna!

MARIANNA. Papà?

ORGONE. Vieni qui; ho da parlarti in segreto.

MARIANNA. Cosa cercate?

ORGONE (*guarda verso il salotto*). Niente, guardavo se c'è di là qualcuno ad ascoltare, perché quello stanzino pare fatto apposta per sorprenderci... Bene, eccoci qui. Marianna, io ho sempre riconosciuto in te un carattere dolce e sottomesso, e tu mi sei sempre stata carissima.

MARIANNA. E io sono commossa per questa predilezione, papà.

ORGONE. Ben detto, figlia mia! E per meritarla, tu non devi avere altro pensiero fuorché quello di accontentarmi.

MARIANNA. È per me la più grande ambizione.

ORGONE. Ben detto. Che ne diresti tu di Tartufo, il nostro ospite?

MARIANNA. Io?

ORGONE. Tu: pensa bene alla risposta.

MARIANNA. Eh! ne dirò tutto quello che vorrete.

Scena II

ORGONE, MARIANNA, DORINA (*entrando pian piano e mettendosi dietro Orgone senza esser vista*)

ORGONE. Ben detto, ben detto!... Aggiungerai dunque, figlia mia, che in tutta la sua persona risplendono le più alte virtù, che egli ha toccato il tuo cuore e che ti farebbe piacere che egli, per mio consiglio, diventasse tuo marito. Eh?

MARIANNA (*indietreggia con stupore*). Eh?

ORGONE. Che c'è?!

MARIANNA. Ma scusate...

ORGONE. Perché?

MARIANNA. Mi sono ingannata?

ORGONE. Come? come?

MARIANNA. Ma chi è che voi volete farmi dire che mi ha toccato il cuore e che mi farebbe piacere che, per vostro consiglio, diventasse mio marito?

ORGONE. Tartufo.

MARIANNA. Ma non è vero niente, papà, ve lo giuro! Perché volete farmi dire una simile impostura?

ORGONE. Ma io voglio che diventi una verità; e deve bastarti che io abbia deciso così.

MARIANNA. Come?! Voi pretendete, papà...

ORGONE. Sì: io pretendo, figlia mia, unire, col tuo matrimonio, Tartufo alla mia famiglia. Egli sarà tuo marito, ho deciso così; e, circa i tuoi desideri, io credo... (*Scorgendo Dorina*) Che fate voi là? La vostra curiosità è un po' troppo grossa, mia cara, se osate venire ad ascoltare in questa maniera.

DORINA. Veramente io non saprei se è una voce che è nata da qualche congettura, o così per caso, ma già mi avevan detto qualcosa di questo matrimonio, e io ho risposto che era una sciocchezza.

ORGONE. Come, dunque? Vi sembra proprio incredibile?

DORINA. A tal punto, signore, che non posso credere neanche a voi stesso.

ORGONE. So ben io il mezzo di farvelo credere.

DORINA. Sì, sì! Ci contate una bella storiella!

ORGONE. Vi racconto proprio quello che vedrete tra poco.

DORINA. Storie!

ORGONE. Non sono storie, ragazza mia.

DORINA. Marianna, non state a credere a vostro padre: vuole scherzare.

ORGONE. Ma se vi dico...

DORINA. No, no, avete un bel fare, non vi crederemo.

ORGONE. Ma infine la mia rabbia...

DORINA. Ebbene, e allora vi crederemo, e sarà tanto peggio per voi. Ma come? È possibile, signore, che voi, con tutta la vostra aria di uomo serio, con questa barba giù fin sul petto, che voi siate così matto da volere...?

ORGONE. Sentite bene: voi vi prendete certe libertà che non mi piacciono punto; ve lo dico chiaro e tondo, cara mia.

DORINA. Parliamo senza arrabbiarci, signore, ve ne supplico. Volete farvi beffe del mondo, con questa storia? Vostra figlia non è fatta per un pretone, e lui ha ben altri affari a cui pensare. E poi, cosa ci guadagnate con questo matrimonio? Perché mai vorreste, ricco come siete, andarvi a prendere un genero così straccione?...

ORGONE. Silenzio, vi dico! Se egli non possiede nulla, sappiate che è proprio per questo che dobbiamo riverirlo. La sua miseria è senza dubbio una miseria onorata; essa lo eleva al di sopra di ogni grandezza, perché egli si è lasciato privare di tutti i suoi averi per soverchia trascuratezza verso i beni temporali e un incredibile trasporto per le ricchezze del Cielo. Ma il mio soccorso gli darà ben presto i mezzi di liberarsi dalla miseria e riacquistare i suoi beni: egli ha dei feudi giustamente rinomati e, tal quale lo vedete, egli è nobile.

DORINA. Sì, certo, ma è lui che lo dice! E questa vanità, signore, non mi pare proprio che vada troppo d'accordo con la sua devozione. Chi si vota alla semplicità di una vita santa come la sua non dovrebbe vantar tanto il suo nome e la sua nobiltà, e l'umile contegno, proprio di un vero religioso, non tollera certe ambizioni. Perché mai tanto orgoglio?... Ma questo discorso vi offende. Parliamo allora della sua persona e lasciamo andare la nobiltà. Dunque, voi fareste senza rammarico di un uomo come lui il padrone assoluto di una ragazza come la vostra? Non dovreste pensare alle convenienze e prevedere i pericoli di una simile unione? Pensate che si mette a un bel rischio la virtù di una donna quando si contrariano i suoi gusti proprio nel matrimonio; che il proponimento di vivere oneste dipende molto spesso dalle qualità del marito; e che certuni, a cui tutti guardano in testa sogghignando, hanno condotto spesso, per colpa loro, le loro mogli al punto in cui sono. È troppo difficile restare fedeli quando si hanno certi mariti fatti in un certo modo, e chiunque dà la propria figlia a un uomo che le ripugna è responsabile davanti a Dio degli errori a cui la espone. Pensate quali pericoli correte col vostro progetto.

ORGONE. Ma se vi dico che dovremmo andare tutti a scuola da lei!...

DORINA. Se seguirete le mie lezioni vi troverete sempre bene.

ORGONE. Senti, Marianna, lasciamo andare queste storie: so io quel che ti occorre e, dopo tutto, sono tuo padre. Io avevo dato la mia parola per te a Valerio; ma, a quel che si dice, egli è troppo portato al gioco, e inoltre io lo sospetto persino di non aver molta religione: non mi pare d'aver mai osservato che vada troppo in chiesa.

DORINA. Pretendete ch'egli vi corra proprio alle vostre ore, come quelli che ci vanno solamente per essere visti?

ORGONE. Non ho chiesto il vostro parere. Insomma, quest'altro invece se l'intende col Cielo che di più non si potrebbe, e questa è una ricchezza che le val tutte. Questo matrimonio colmerà i tuoi desideri con ogni bene celeste, sarà tutto dolcezze e santi piaceri. Voi vivrete insieme, con fedele e reciproco ardore, come due fanciulli innamorati, come due tortorelle; non vi troverete mai a litigare per nulla: tu potrai fare di lui tutto quello che vorrai.

DORINA. Lei? Ne potrà fare un cornuto, tutt'al più, ve lo dico io.

ORGONE. Olà! Che discorsi!

DORINA. Vi dico che è proprio il tipo, è predestinato; e la sua influenza, signore, la vincerà su tutta la virtù che vostra figlia potrà avere.

ORGONE. Finite d'interrompermi e state un po' zitta se potete, e non ficcate il naso in quel che non vi riguarda.

DORINA (*interrompendolo sempre al momento preciso in cui egli si volta per parlare a sua figlia*). Io parlo soltanto, signore, nel vostro interesse.

ORGONE. Grazie, troppo disturbo. State zitta per piacere!

DORINA. Se non vi volessi bene...

ORGONE. Io non voglio che mi si voglia bene.

DORINA. E io voglio volervi bene vostro malgrado.

ORGONE. Uff!

DORINA. Il vostro buon nome mi sta a cuore, e io non posso sopportare che voi vi esponiate, così, ai pettegolezzi del primo venuto.

ORGONE. Ma non starete zitta mai?

DORINA. È la mia coscienza che mi impedisce di lasciarvi combinare un simile matrimonio.

ORGONE. Ma non vuoi tacere, serpente, sfrontata...?

DORINA. Come, con tutta la vostra religione, andate in bestia così?

ORGONE. Sì, perdo la testa a sentir tante sciocchezze! Insomma, voglio assolutamente che tu stia zitta.

DORINA. Sia pure, ma, anche se non parlo, posso pensare, però.

ORGONE. Pensa pure, se ci tieni, ma bada bene di non parlare, altrimenti!... (*A Marianna*) Basta... Ho pensato bene e considerato saviamente ogni cosa.

DORINA. E non poter parlare! Uff! Io soffoco!

ORGONE. Senza essere uno zerbinotto, Tartufo è pur sempre un tal uomo...

DORINA. Ah, sì, è proprio un bel muso!

ORGONE. ...che, quand'anche tu non avessi la minima simpatia per tutti gli altri suoi meriti... (*Si volta dalla parte di Dorina e, a braccia incrociate, la guarda.*)

DORINA (*a parte*). Eccola bene assortita! Se io fossi al suo posto, certamente non mi farei sposare così per forza, impunemente; e gli farei ben vedere, a festa finita, che una donna ha sempre la vendetta pronta.

ORGONE. Dunque proprio non si farà nessun caso delle mie parole?

DORINA. Cosa avete da lamentarvi? Io non parlo mica a voi.

ORGONE. E cosa fai dunque?

DORINA. Parlo così tra me.

ORGONE. Va bene. Per castigare tanta insolenza, bisogna che le dia una sberla di mia mano. (*Si mette in posizione per dare un ceffone a Dorina e, a ogni parola che va dicendo a sua figlia, volta la testa per guardare Dorina, che sta ferma senza parlare.*) Figlia mia, tu dovresti approvare il mio progetto... e pensar bene che il marito... che io ho creduto bene di sceglierti... (*A Dorina*) Perché non parli?

DORINA. Perché non ho niente da dirmi.

ORGONE. Di' solamente una parola.

DORINA. Per il momento non ne ho voglia.

ORGONE. Ah, sì, eh? Ti ci aspettavo.

DORINA. Mi prendete forse per una sciocca?...

ORGONE. Infine, figlia mia, devi pur essere obbediente e mostrarti deferente e rispettosa della mia scelta.

DORINA (*fuggendo*). Io so che mi guarderei bene dal prendere un tal marito.

ORGONE (*si volta per darle un ceffone, ma sbaglia il colpo*). Figlia cara, questa tua governante è una peste, e io non riuscirò più a vivere con lei senza divenire furioso! Sono tutto fuor di me, non posso più proseguire: i suoi discorsi

31

insolenti mi han dato alla testa; sarà meglio che vada a prendere un po' d'aria per rimettermi.

Scena III

MARIANNA, DORINA

DORINA. Ma dite un po', non avete mica perduto la parola? Dovrò proprio far sempre io la vostra parte? Come potete sopportare una proposta così insensata senza ribellarvi, senza fare la minima protesta?

MARIANNA. Contro un padre così tiranno, cosa vuoi mai che faccia?

DORINA. Tutto quello che occorre per difendervi.

MARIANNA. E che cosa?

DORINA. Dirgli che non potete mica amare per procura, che vi volete sposare per voi e non per lui. Che, essendo voi la principale interessata, lo sposo deve piacere a voi, non a lui; e che, se quel suo Tartufo gli va tanto a genio, può benissimo sposarselo lui, senza il minimo ostacolo.

MARIANNA. Che vuoi, l'autorità d'un padre è così forte per noi che io non ho proprio avuto il coraggio di dirglielo.

DORINA. Ma insomma, ragioniamo: Valerio vi ha chiesto in isposa; gli volete bene sì o no?

MARIANNA. Ah! Come sei ingiusta verso il mio amore, Dorina! Come puoi farmi questa domanda? Non ti ho aperto il mio cuore cento volte? Non conosci quanto sia grande il mio amore?

DORINA. Che ne so io, se avete parlato proprio sul serio e se Valerio vi sta proprio tanto a cuore?

MARIANNA. Tu mi fai un gran torto, se ne dubiti: ho troppo dimostrato il mio amore.

DORINA. Dunque, l'amate sì o no?

MARIANNA. Ma sì, dal più profondo del cuore.

DORINA. E, a quanto pare, vi ama anche lui lo stesso.

MARIANNA. Io credo.

DORINA. E tutti e due ardete egualmente dal desiderio di unirvi in matrimonio?

MARIANNA. Sì, certissimo.

DORINA. E allora, che ne pensate di quest'altra proposta?

MARIANNA. Di uccidermi, se mi faranno violenza.

DORINA. Ah, benissimo. È un espediente al quale proprio non pensavo. È vero: per togliervi d'imbarazzo vi basterà morire, e tutto è fatto. Il rimedio è senza dubbio eccellente... Ecco, io, quando sento della gente parlar così, divento furiosa!

MARIANNA. Mio Dio, Dorina, come t'arrabbi! Tu non sai compatire il mio dolore.

DORINA. Io non so compatire chi dice delle sciocchezze e al momento buono si abbandona come voi.

MARIANNA. Ma cosa vuoi? Io sono così timida...

DORINA. L'amore esige soprattutto un cuore intrepido.

MARIANNA. Ma non sono forse ben risoluta nell'amore di Valerio? Non sta a lui ottenermi da mio padre?

DORINA. Ma come! Se vostro padre è un carnefice fatto e finito, s'egli si è così intestardito sul suo Tartufo e vuol mancar di parola a tutti i costi, la colpa sarà dunque del vostro innamorato?

MARIANNA. E posso io allora, con un clamoroso rifiuto, con una ostinata resistenza, mostrare quanto il mio cuore sia legato a lui? Per quanto io l'ami, dovrò venir meno al mio pudore e al mio dovere di figlia? E vuoi che io, mettendo in piazza la mia passione...

DORINA. No, no, non voglio proprio nulla. Vedo che desiderate sposare Tartufo; e, a pensarci bene, avrei torto senza dubbio a volervi distogliere da questo matrimonio. Perché mai dovrei oppormi ai vostri desideri? Il partito in sé mi pare vantaggiosissimo. Il signor Tartufo! Oh! Oh! Vi par poco? Certo, il signor Tartufo, a considerar bene le cose, non è poi uno di quelli che si soffiano il naso con le dita! E non sarà poco onore l'averlo per marito. Tutti, già, hanno di lui la più alta opinione: egli è

, al suo paese, bello e ben fatto; ha le orecchie
[...]te e la faccia colorita: certo con lui vivrete conten-
[...]ssima.

MARIANNA. Dio!... Dio!...

DORINA. Quale allegria, quale felicità non vi sentirete
nell'anima quando vi troverete sposa di un sì bell'uomo!

MARIANNA. Oh! Smettila, Dorina, per carità, di parlarmi
così, aiutami contro questo matrimonio. Basta: io mi
dichiaro vinta e sono pronta a tutto.

DORINA. No, no: bisogna che una figlia obbedisca a suo
padre, quand'anche egli volesse darle una scimmia per
sposo. Il vostro destino non potrebbe essere migliore. Di
che vi lamentate? Voi ve ne andrete in carrozza alla sua
cittadina, che troverete piena di zii e di cugini, e avrete il
più gran piacere del mondo a intrattenervi con loro. Per
prima cosa farete un giro nell'alta società e andrete a
render la visita di dovere alla signora prefettessa e alla
podestaressa, che si degneranno d'offrirvi uno sgabello
per tutto onore. E, a carnevale, potrete sperare un ballo e
una bella orchestra, magari di due zampogne, e di tanto
in tanto una scimmietta e le marionette. Se pure il vostro
sposo...

MARIANNA. Ah! Tu mi fai morire! Pensa piuttosto ad aiutarmi con qualche consiglio.

DORINA. Serva umilissima.

MARIANNA. Dorina, per carità...

DORINA. No, per castigarvi, bisogna proprio che vada a finire così.

MARIANNA. Dorina mia!

DORINA. No!

MARIANNA. Se il mio amore, così dichiarato...

DORINA. Niente. Tartufo è il vostro uomo, e voi l'assagge-
rete.

MARIANNA. Sai bene che mi sono sempre confidata a te:
sempre!

DORINA. No, perbacco! Sarete tartufata a dovere.

MARIANNA. Ebbene, poiché il mio destino non ti commuove, abbandonami dunque alla mia disperazione: da essa cercherò aiuto e consiglio, e so ben io quale è l'infallibile rimedio ai miei mali. (*Vuole andarsene.*)

DORINA. Là, là, state un po' qui. Rinunzio alla vendetta. Vedo bene che malgrado tutto bisogna aver pietà di voi.

MARIANNA. Credimi, se mi si minaccia di questo orribile martirio, te lo ripeto, non mi resterà che morire.

DORINA. Su, fatevi coraggio. Cercheremo con l'astuzia di impedire... Ma ecco qui il vostro Valerio.

Scena IV

VALERIO, MARIANNA, DORINA

VALERIO. Mi hanno riferito, signorina, una notizia che non mi sarei mai immaginata, e che è senza dubbio bellissima.

MARIANNA. E quale?

VALERIO. Che voi sposate Tartufo.

MARIANNA. È vero che mio padre si è messo in capo quest'idea.

VALERIO. Ma vostro padre, signorina...

MARIANNA. Già, ha proprio cambiato opinione: mi ha fatto lui stesso or ora la proposta.

VALERIO. Come! Dite sul serio?

MARIANNA. Serissimo. Egli vuole assolutamente che si faccia questo matrimonio.

VALERIO. E che cosa pensate di fare, voi, signorina?

MARIANNA. Io non so.

VALERIO. Come risposta non c'è male: non lo sapete!

MARIANNA. No.

VALERIO. No?

MARIANNA. E voi cosa mi consigliate?

VALERIO. Io vi consiglierei, io, di accettare questo sposo.

MARIANNA. Voi me lo consigliate?

VALERIO. Sì.

MARIANNA. Davvero?

VALERIO. Senza dubbio. La scelta è ottima e val la spesa di accettarla.

MARIANNA. Ebbene, signore, io seguirò il vostro consiglio.

VALERIO. Sembra che lo seguirete senza fatica, a quanto vedo.

MARIANNA. Con la stessa facilità con la quale voi me l'avete dato.

VALERIO. Io ve l'ho dato soltanto per farvi piacere.

MARIANNA. Ed io lo seguirò soltanto per farvi piacere.

DORINA (*ritirandosi in fondo alla scena*). Voglio vedere come va a finire.

VALERIO. È così, dunque, che si ama? Era allora soltanto un inganno quando voi...

MARIANNA. Lasciamo andare, lasciamo andare, ve ne supplico! Voi mi avete detto chiaro e tondo ch'io devo accettare lo sposo che mio padre mi consiglia. Ed io dichiaro che lo farò, poiché voi stesso mi consigliate di fare così.

VALERIO. Non state a scusarvi con le mie parole! Voi avevate già preso la vostra decisione ed ora pretendereste valervi di questo sciocco pretesto per autorizzarvi a venir meno alla vostra parola.

MARIANNA. Giustissimo. È proprio così.

VALERIO. Senza dubbio. E il vostro cuore non ha mai sentito per me un amore profondo e sincero.

MARIANNA. Ah...? Se volete credere così, fate pure.

VALERIO. Sì, certo, che lo credo! Ma la mia anima esacerbata saprà forse prevenirvi in un simile tradimento; e so ben io a chi rivolgerò i miei desideri ed il mio cuore.

MARIANNA. Oh! Non ne dubito. E l'ammirazione che suscitano le vostre belle qualità...

VALERIO. Mio Dio! Lasciamo andare con le mie qualità. Io ne ho certo ben poche, e voi me ne date la prova. Ma spero che qualcun'altra saprà essere più buona con me, e ne conosco una che consentirà senza dubbio ad accogliermi e consolarmi di quel che ho perduto.

MARIANNA. La perdita non è tanto grande, e in questo cambiamento troverete da consolarvi facilmente.

VALERIO. Farò tutto il possibile, credetelo! Un simile tradimento risveglia tutto il mio orgoglio. Mi metterò d'impegno per dimenticarlo; e quand'anche non ci riuscissi, saprò bene fingerlo, almeno. Sarebbe una viltà imperdonabile mostrarsi ancora innamorati di chi ci abbandona!

MARIANNA. Questi sentimenti, senza dubbio, vi fanno molto onore.

VALERIO. Benissimo: e son sicuro che saranno approvati da tutti. Come? Come? Pretendereste forse che io conservassi eternamente nel mio cuore tutti gli ardori di questa passione e che vi vedessi, sotto i miei occhi, gettarvi in braccio a un altro, senza rivolgere altrove questo amore che voi avete disprezzato?

MARIANNA. Tutt'altro: ve lo auguro anzi di gran cuore, e vorrei già che la cosa fosse bell'e fatta.

VALERIO. Lo vorreste?

MARIANNA. Sì.

VALERIO. Basta, basta, è troppo, signorina; sarete contentata sull'istante. (*Fa un passo per andarsene.*)

MARIANNA. Benissimo.

VALERIO (*tornando indietro*). Ricordatevi almeno, ricordatevi bene che siete voi che costringete il mio cuore a questa estrema risoluzione.

MARIANNA. Sì.

VALERIO (*tornando ancora indietro*). E che questo progetto è soltanto per imitarvi.

MARIANNA. Per imitarmi, sia pure.

VALERIO (*ritornando ancora*). É va bene: sarete servita a puntino!

MARIANNA. Tanto meglio.

VALERIO (*ritornando ancora*). Voi lo vedete bene, è per la vita!

MARIANNA. Alla buon'ora!

VALERIO (*se ne va, ma, quando arriva alla porta, si volta indietro*). Eh?

MARIANNA. Come?

VALERIO. Non mi avete chiamato?

MARIANNA. Io? Voi sognate.

VALERIO. Va bene. E allora me ne vado. Addio. (*Se ne va lentamente.*)

MARIANNA. Addio.

DORINA (*a Marianna*). Ma io credo proprio che voi siate ammattiti tutti e due! Vi ho lasciati litigare fin che avete voluto per vedere fino a che punto sareste arrivati. Olà! Signor Valerio. (*Ferma Valerio prendendolo per un braccio.*)

VALERIO (*fingendo di resistere all'estremo*). Eh? Cosa vuoi, Dorina?

DORINA. Venite un po' qua.

VALERIO. No, no, sono troppo infuriato. Lasciate ch'io faccia quello che essa desidera.

DORINA. Fermatevi.

VALERIO. No, no, è deciso.

DORINA. Ma insomma!

MARIANNA (*a parte*). La mia presenza è per lui un tormento, è chiarissimo, se ne vuole andare perché ci son io. Sarà meglio che lo lasci qui solo.

DORINA (*lasciando Valerio e inseguendo Marianna*). Ora, a quest'altra! E voi dove andate?

MARIANNA. Lasciami.

DORINA. No, tornate indietro.

MARIANNA. No, no, Dorina: è tutto inutile.

VALERIO (*a parte*). Vedo bene che la mia vista è un supplizio per lei. Sarà meglio ch'io la liberi dalla mia odiosa presenza.

DORINA (*lasciando Marianna e inseguendo Valerio*). Ancora? Che il diavolo vi porti! Insomma, ve lo ordino io! Finitela con queste chiacchiere e venite un po' qui tutti e due. (*Prende Valerio e Marianna per mano.*)

VALERIO (*a Dorina*). Ma qual è il tuo scopo?

MARIANNA. Che cosa pretendi?

DORINA. Oh bella! Rimettervi d'accordo e togliervi dai pasticci! (*A Valerio*) Non siete mica matto, da litigare a questo modo?

VALERIO. Ma non hai sentito come mi ha parlato?

DORINA (*a Marianna*). E voi, siete matta, ad arrabbiarvi così?

MARIANNA. Ma vedi bene come mi tratta, lui!

DORINA (*a Valerio*). Mi sembrate stupidi tutti e due. Ma se lei non ha altro in cuore che di sposarvi a ogni costo, ve lo giuro! (*A Marianna*) Ma se egli ama voi sola e non ha altro desiderio che di diventar vostro marito, ve lo garantisco sulla mia vita!

MARIANNA (*a Valerio*). E perché allora venirmi a dare un simile consiglio?

VALERIO (*a Marianna*). E perché venirmi a chiedere consiglio su una simile cosa?

DORINA. Perché siete matti tutti e due. Qua la mano, su! (*A Valerio*) Su, qua la mano.

VALERIO (*porgendo la mano a Dorina*). E a che scopo?

DORINA (*a Marianna*). Orsù, datemi la vostra.

MARIANNA (*porgendo la mano anche lei*). E perché tutta questa storia?

DORINA. Oh, santo Dio! Su, venite un po' qua. Ma se siete innamorati cotti e non lo sapete nemmeno.

VALERIO (*voltandosi verso Marianna*). Sì, ma non voglio che lo facciate così per forza: non vi sentireste di guardarmi senza tanta ira? (*Marianna si volta verso Valerio e gli sorride un pochino.*)

DORINA. A dir la verità gli innamorati sono proprio dei bei tipi!

VALERIO (*a Marianna*). Ma non ho forse ragione di lamentarmi di voi? Diciamo un po' la verità, non siete proprio cattiva? Divertirvi a venirmi a raccontare tutti quegli orrori...

MARIANNA. Ma voi, non siete l'uomo più ingrato del mondo?...

DORINA. Sentite, rimandiamo a un altro momento la questione; per adesso pensiamo a salvarci da questo stupido progetto.

MARIANNA. Dicci dunque cosa dovremmo fare.

DORINA. Useremo tutti i mezzi. (*A Marianna*) Vostro padre vuol scherzare. (*A Valerio*) E son tutte storie. (*A Marianna*) Ma, per adesso, sarà meglio che voi facciate mostra di cedere alla sua stravaganza e che fingiate di obbedirgli e sottomettervi: così, in ogni caso, vi riuscirà più facile tirare alla lunga questo matrimonio. E guadagnando tempo si trova sempre rimedio a tutto. Comincerete a scusarvi fingendo d'ammalarvi improvvisamente e d'aver bisogno di qualche ritardo, e poi direte che avete avuto dei cattivi presagi: che avete incontrato un funerale, rotto uno specchio, o sognato dell'acqua torbida. E infine, su questo siamo sicuri, non vi potranno mai dare a nessun altro che a Valerio, se voi non dite di sì. Ma, per riuscirci meglio, credo sia bene che non vi si trovi qui tutti e due. (*A Valerio*) Uscite; e senza ritardo mettete in moto tutti i vostri amici per esigere che si mantenga la promessa: noi chiameremo in aiuto il fratello e ci guadagneremo l'appoggio della matrigna. Addio.

VALERIO (*a Marianna*). Per quanti sforzi noi possiamo fare, la mia più grande speranza, ve lo confesso, è tutta in voi.

MARIANNA (*a Valerio*). Io non sono responsabile di quello che pensa mio padre, ma vi giuro che non sarò mai d'altri che vostra.

VALERIO. Ah, voi mi fate felice! E qualsiasi cosa vogliano tentare...

DORINA. Uff! Gli innamorati non la finirebbero mai. Andatevene, vi dico.

VALERIO (*fa un passo e poi ritorna*). Infine...

DORINA. Ma non la finirete più? Su, via presto per di là, e voi, via per di qua. (*Li spinge tutti e due per le spalle.*)

ATTO TERZO

Scena I

DAMIDE, DORINA

DAMIDE. Che io muoia qui, sui due piedi fulminato, che tutti osino darmi del mascalzone sulla faccia, se c'è qualche cosa capace di arrestarmi e se io non faccio un colpo di testa!

DORINA. Per carità, calmatevi un momento: vostro padre non ha fatto che enunciare un progetto; non sempre si può effettuare tutto quello che si vorrebbe, e dal dire al fare c'è di mezzo più che il mare.

DAMIDE. Bisogna che io tagli corto alle macchinazioni di quel balordo e che gli dica un po' io due paroline all'orecchio!

DORINA. Adagio, adagio! Lasciate fare alla vostra matrigna, tanto per lui che per vostro padre. Credo che essa abbia una certa influenza su Tartufo, egli approva sempre quanto ella dice, e potrebbe darsi persino che abbia qualche debole per lei. Dio voglia che fosse vero! Sarebbe proprio bella! Infine, il vostro interesse l'ha decisa a parlargli: essa lo sonderà un poco su questo progetto di matrimonio che tanto v'irrita, potrà conoscere le sue intenzioni e dirgli chiaro quali gravissimi inconvenienti ne potrebbero nascere, s'egli fonda troppe speranze su questo progetto. Il suo servo mi ha detto che sta pregando, e non ho ancora potuto parlargli, ma mi ha anche detto che tra poco discenderà; uscite dunque, per favore, e lasciatemi qui ad aspettarlo.

DAMIDE. Potrei presenziare anch'io a questo colloquio.

DORINA. Per nulla affatto. Bisogna che siamo soli.

DAMIDE. Ma io non dirò nulla.

DORINA. Voi scherzate: sappiamo bene come fate presto a perder la testa, e sarebbe l'unico mezzo di guastar tutto. Andate via.

DAMIDE. No, voglio essere presente anch'io, senza arrabbiarmi.

DORINA. Quanto siete noioso! Eccolo, nascondetevi.

Scena II

TARTUFO, DORINA

TARTUFO (*appena si accorge di Dorina*). Lorenzo, riponete il mio cilicio e la mia disciplina, e pregate sempre il Cielo che vi illumini. Se mi cercassero, io vado dai prigionieri, a spartire fra loro certe elemosine.

DORINA (*a parte*). Quanta falsità e furfanteria!

TARTUFO. Cosa desiderate?

DORINA. Dirvi soltanto...

TARTUFO (*togliendosi di tasca un fazzoletto*). Oh! Mio Dio! Vi prego, prima d'incominciare prendete questo fazzoletto.

DORINA. Come dite?

TARTUFO. E copritevi il seno: non ne potrei sopportare la vista. Le anime bennate sono offese da certi spettacoli, ed è facile che ne nascano cattivi pensieri.

DORINA. Ma voi siete dunque ben tenero alle tentazioni, sapete, e la carne ha un grande effetto sui vostri sensi! Io non capisco che calori vi prendano: io, per me, non sono così facile al desiderio e vi garantisco che potrei vedervi nudo da capo a piedi senza provarne la minima tentazione.

TARTUFO. Siate più modesta nei vostri discorsi, o io vi lascio qui sui due piedi e me ne vado.

DORINA. No, no, sono io che vi lascerò subito in pace, ho

solamente da dirvi due parole. La signora scenderà ora qui in sala, e vi chiede di concederle un breve colloquio.

TARTUFO. Oh! Oh! Volentierissimo.

DORINA (*a parte*). Come si fa subito dolce! Perbacco, mantengo la mia opinione.

TARTUFO. E verrà subito?

DORINA. Mi par di sentirla. Sì, è proprio lei, vi lascio.

Scena III

ELMIRA, TARTUFO

TARTUFO. Che il Cielo, in tutta la sua bontà, voglia sempre concedervi ogni salute, per l'anima e per il corpo, e benedica tutta la vostra vita, così come lo desidera il più umile di tutti quelli che sono ispirati dall'amor suo!

ELMIRA. Questo santo augurio mi commuove. Ma sediamo che staremo più comodi.

TARTUFO. Vi siete completamente rimessa?

ELMIRA. Benissimo; la febbre è ormai scomparsa del tutto.

TARTUFO. Certo le mie preghiere non hanno il merito sufficiente per guadagnarvi questa grazia, ma egualmente non ho mai smesso di elevare al Cielo i miei voti più ardenti per la vostra convalescenza.

ELMIRA. Il vostro zelo si è dato troppa pena.

TARTUFO. Non saremo mai felici abbastanza della vostra salute, e per riguadagnarvela avrei volentieri sacrificato la mia.

ELMIRA. È un esempio di carità cristiana veramente eccezionale, e io vi sono obbligatissima di tanta bontà.

TARTUFO. Tutto questo è nulla riguardo ai vostri meriti.

ELMIRA. Ho voluto parlarvi in segreto di una certa faccenda, qui siamo giusto al sicuro da ogni indiscrezione.

TARTUFO. Anch'io ne sono lietissimo; ed è per me il più

gran piacere, signora, trovarmi finalmente da solo a solo con voi. È un'occasione che ho chiesto molte volte al Cielo, senza che finora mi sia stata mai accordata.

ELMIRA. Mi basteranno due parole di colloquio, purché il vostro cuore sia sincero e non mi nasconda nulla.

TARTUFO. E anch'io, per obbedirvi pienamente, voglio mostrare ai vostri occhi la mia anima qual è; e vi giuro che le proteste che ho elevato per le visite che vengono qui a onorar le vostre grazie non sono l'effetto del minimo risentimento che io abbia per voi, ma piuttosto di uno zelo straordinario che mi spinge, di un purissimo trasporto...

ELMIRA. Anch'io del resto le ho sempre prese in buona parte, e penso che soltanto per il mio bene vi diate questo affanno.

TARTUFO (*prendendo la mano di Elmira e stringendole le dita*). Sì, certo, signora, e il mio fervore è tale...

ELMIRA. Ahi! Mi stringete troppo.

TARTUFO. Per eccesso di zelo. Mai ho creduto di farvi il minimo male, e preferirei mille volte piuttosto... (*Mette una mano sulle ginocchia di Elmira.*)

ELMIRA. E che fa quella mano?

TARTUFO. Toccavo la vostra veste: è una stoffa soavissima al tatto.

ELMIRA. Oh! Di grazia, lasciate: io soffro molto il solletico. (*Elmira tira indietro la sua sedia e Tartufo, invece, spinge più avanti la sua.*)

TARTUFO. Mio Dio! Come è bello questo ricamo! Al giorno d'oggi si fanno cose davvero meravigliose: non ho mai visto un lavoro così ben fatto.

ELMIRA. È vero. Ma parliamo un poco del nostro affare. Si dice che mio marito voglia venir meno alla sua promessa e dare a voi sua figlia. È vero? Ditemi un po'.

TARTUFO. Sì, me ne ha bene accennato qualcosa. Ma, signora, a dire la verità, non è quella la felicità a cui io aspiro: io scorgo ben altrove delle grazie meravigliose, promesse di una felicità che occupano tutti i miei pensieri.

ELMIRA. Certamente: perché il vostro cuore non è rivolto alle cose terrene.

TARTUFO. Sì, ma il mio petto non racchiude per questo un cuore di pietra!

ELMIRA. Io, per me, sono certissima che ogni vostro desiderio è rivolto al Cielo e che non v'è nulla in questo basso mondo che possa attirarvi.

TARTUFO. L'amore che ci spinge verso le gioie celesti non soffoca in noi il desiderio delle temporali: i nostri sensi possono facilmente restar prigionieri dei mirabili oggetti creati da Dio. Le grazie del Cielo brillano riflesse nella bellezza delle vostre simili, ma in voi risplendono in tutto il loro fulgore: Iddio sul vostro viso ha sparso tante delizie che gli occhi ne sono abbagliati e i cuori inebbriati, e io non ho mai potuto guardarvi, o deliziosa creatura, senza ammirare in voi l'opera del Cielo e sentire nel mio cuore tutto l'ardore di una violenta passione per il più bello dei ritratti che Iddio stesso ci abbia mai dato di sé. Dapprima io avevo paura che questo segreto ardore non fosse che un inganno dello spirito maligno; ed anzi il mio cuore aveva deciso di evitarvi, credendovi un ostacolo per la salute dell'anima mia. Ma ormai ho ben riconosciuto, o bellezza impareggiabile, che questa passione può non essere colpevole, che io posso benissimo metterla d'accordo con l'onestà: e per questo ormai mi ci abbandono con tutto il mio cuore. È, lo so bene, una grandissima audacia: osare deporre ai vostri piedi l'offerta del cuor mio; ma io attendo dalla vostra bontà ogni grazia e cortesia, e non spero nulla, invece, dall'indegnità dei miei sforzi. In voi è tutta la mia speranza, il mio bene, la mia pace; da voi dipendono la mia disperazione o la mia beatitudine; e io, secondo la vostra sentenza, sarò felice, se voi desiderate, infelicissimo, se così vi piacerà.

ELMIRA. La dichiarazione non potrebb'essere più galante; ma a dir vero mi desta molta sorpresa. Voi dovreste, mi sembra, armare meglio il vostro cuore e considerare un poco bene questo vostro progetto. Una persona religiosa come voi, e da tutti nominata...

TARTUFO. Sono religioso, ma sono anche uomo! E alla vista delle vostre grazie celestiali un cuore non può più difendersi né ragionare. So bene che un simile discorso vi sembra strano da parte mia, ma, signora, dopo tutto non sono mica un angelo, e se voi condannate la confessione che io vi faccio, voi dovrete cominciare a incolparne le vostre bellezze. Fin dal primo momento che io potei ammirare il loro splendore sovrumano, voi foste la regina dell'anima mia. La dolcezza ineffabile dei vostri sguardi divini vinse la resistenza nella quale si ostinava il mio cuore; essa fu più forte di tutto: dei digiuni, delle preghiere, delle lagrime, e obbligò tutti i miei voti a rivolgersi a voi. I miei sguardi e i miei sospiri ve l'avranno detto mille volte, e per svelarmi interamente oso infine parlare. Che se poi voi riguardaste con animo non del tutto nemico le tribolazioni di questo indegnissimo vostro schiavo, se la vostra bontà volesse mai consolarmi e si degnasse di abbassarsi fino alla mia nullità, io avrei sempre per voi, o soavissima meraviglia, una devozione senza limiti. Il vostro onore non corre alcun rischio con me, non ha nulla da temere da parte mia. Tutti questi vagheggini della Corte, di cui le donne vanno pazze, sono indiscreti, chiacchieroni e vani. Li si sente vantarsi di continuo dei loro successi: non ottengono il minimo favore senza darlo in pasto al pubblico, e la loro bocca indiscreta, alla quale troppo spesso ci si affida, disonora l'altare del loro cuore. Ma le persone come me amano con ardore discreto: con loro si è sempre certi della massima segretezza. La stessa cura che noi abbiamo del nostro buon nome è la miglior garanzia per la persona amata da noi. In noi soltanto si può trovare, accettando il nostro cuore, l'amore senza lo scandalo, il piacere senza timore.

ELMIRA. Io vi sto ascoltando, la vostra oratoria mi pare che si serva di termini abbastanza chiari e precisi. Ma dite un po', non avete paura che mi venga in mente di andare a raccontare a mio marito tutti questi ardori, e che la rivelazione di un amore di questo genere non possa alterare in lui l'amicizia che egli sente per voi?

TARTUFO. So bene che voi siete troppo buona e che voi perdonerete certamente la mia temerità; che voi scuserete questa mia debolezza umana, questi trasporti troppo violenti di un amore che vi dispiace; e che penserete bene, dopo tutto, guardandovi allo specchio, che io non sono cieco e sono purtroppo un uomo.

ELMIRA. Qualcun'altra la prenderebbe forse su un altro tono; ma io questa volta voglio dar prova d'esser discreta. Non racconterò nulla a mio marito. In cambio però pretendo da voi una cosa: ed è che voi vi adoperiate francamente, e senza nessun cavillo, a favorire il matrimonio di Valerio con Marianna e a rinunciare per vostra stessa iniziativa all'ingiusto potere che pretende concedervi quello che era destinato a un altro. E...

Scena IV

ELMIRA, DAMIDE, TARTUFO

DAMIDE (*uscendo dal salottino dove si era nascosto*). No, no, signora, no: bisogna dirlo a tutti! Io ero qui nascosto e ho potuto sentire tutto; è il Cielo che mi ha guidato qui per confondere l'orgoglio di questo traditore, per offrirmi il mezzo di vendicarmi infine, e di punirlo della sua ipocrisia e della sua insolenza: per disingannare mio padre e fargli veder chiaro l'anima di questo scellerato che osa parlarvi d'amore!

ELMIRA. No, Damide, basterà che egli sappia comportarsi meglio in avvenire e sappia meritarsi il favore che gli faccio: dato che io l'ho promesso, non fatemi disdire. Non è nel mio carattere stare a far degli scandali: una donna sa ridere di simili sciocchezze, e non disturba per questo suo marito.

DAMIDE. Voi avete le vostre buone ragioni per fare così; io ho le mie per agire diversamente. Risparmiarlo mi parrebbe una stupidaggine. L'insolente orgoglio della sua bigotteria ha trionfato anche troppo finora della mia giusta ira e ha provocato anche troppi disordini in casa nostra. Questo furfante ha governato troppo a lungo mio padre, intralciando il mio amore e quello di Valerio. Bisogna che questo ipocrita sia smascherato, e il Cielo me ne offre un mezzo facilissimo. Io gli sono grato di questa occasione e non la voglio buttar via; è troppo favorevole: se la sciupassi, meriterei che me la togliessero di mano.

ELMIRA. Damide...

DAMIDE. No, mi dispiace, ma devo far di mia testa. Il mio animo è al colmo della gioia; e le vostre parole invano tentano di farmi rinunziare al piacere di vendicarmi. Senza più tante storie, voglio sbrigar la faccenda. Ed ecco proprio quel che ci vuole...

Scena V

ORGONE ELMIRA, DAMIDE, TARTUFO

DAMIDE (*a Orgone*). Padre mio, arrivate giusto a tempo per godervi una notizia che vi sorprenderà. Siete proprio ben ricompensato di tutte le vostre cortesie, e il signore sa dimostrare la sua gratitudine in una curiosa maniera. Il suo infinito zelo per voi si è manifestato chiaramente: esso arriva al punto di volervi disonorare; l'ho sorpreso or ora che faceva a vostra moglie la confessione ingiuriosa di un indegnissimo amore. Essa è di buon carattere, e il suo cuore troppo discreto voleva a tutti i costi mantenere segreta la faccenda; ma io non mi sento di favorire tanta impudenza e crederei di farvi un'offesa tacendo.

ELMIRA. Sì, io sostengo che non bisogna mai disturbare un marito per simili sciocchezze; il vero onore non si deve mostrare così, deve bastare, a noi donne, il saperci difendere da sole. Questa è la mia opinione; e voi, Damide, tacereste se io avessi qualche autorità su voi.

Scena VI

ORGONE, DAMIDE, TARTUFO

ORGONE. Cielo, che sento! È mai possibile?

TARTUFO. Sì, fratello mio: io sono un malvagio, un colpevole, un disgraziato peccatore, pieno d'iniquità, il più gran scellerato che sia mai stato al mondo. Ogni istante della mia vita non è che un peccato, la mia vita tutta intera un ammasso mostruoso di delitti e di bassezze; e vedo che il Cielo per punirmi e per mortificarmi ha proprio scelto quest'occasione. Di qualsiasi enormità mi si accusi, io non mostrerò mai l'orgoglio di volermi difendere. Credete pure a quello che vi dice, preparate tutto il vostro furore, cacciatemi di casa vostra come un malfattore: io non sarò mai tanto punito quanto in realtà lo merito.

ORGONE (*a suo figlio*). Ah, traditore, oseresti tu con queste falsità offuscare lo splendore d'una tale virtù?

DAMIDE. Come! Come? L'ipocrisia di quest'anima perfida vi spingerà a smentire...

ORGONE. Taci, peste maledetta!

TARTUFO. Oh! Lasciatelo parlare: voi lo accusate a torto, fareste molto meglio a credere alle sue parole. Perché vorreste difendermi da una simile accusa? Che ne sapete voi di quello di cui sono capace? Vi fidate voi forse, fratello mio, delle apparenze? Mi credete voi forse migliore per quello che vedete di me? No, no; voi vi lasciate ingannare dall'esteriore, io sono ben diverso, ohimè, da quello che si crede. Tutti mi prendono per una persona per bene; ma la verità pura e semplice è che io non valgo nulla. (*Rivolgendosi a Damide*) Sì, figliuol caro,

49

parlate, trattatemi pure come un perfido, un infame, un uomo perduto, un ladro, un assassino; maltrattatemi con gli insulti più odiosi: mi guarderò bene dall'oppormi, me lo sono meritato; voglio anzi inginocchiarmi davanti a questa vergogna come davanti a una giusta punizione per i delitti della mia vita.

ORGONE (*a Tartufo*). È troppo, fratello mio, è troppo. (*A suo figlio*) E il tuo cuore non è ancor vinto, infame!

DAMIDE. Cosa? Tutte queste chiacchiere v'inganneranno fino al punto...

ORGONE. Silenzio, mascalzone! (*Rialzando Tartufo*) Fratello mio, oh! alzatevi, per carità! (*A suo figlio*) Infame!

DAMIDE. È mai possibile...

ORGONE. Silenzio!

DAMIDE. Divento matto! Ma come, io passo ancora...

ORGONE. Se aggiungi una sola parola ti rompo la testa.

TARTUFO. Fratello mio, in nome del Cielo, non infuriatevi così! Preferirei patire le sofferenze più atroci piuttosto ch'egli soffrisse per me il minimo sgarbo.

ORGONE (*a suo figlio*). Ingrato!

TARTUFO. Lasciatelo in pace. Se occorre che io m'inginocchi a domandarvi grazia per lui...

ORGONE. Che? Voi scherzate! (*A suo figlio*) Furfante, guarda la sua bontà.

DAMIDE. Dunque...

ORGONE. Basta!

DAMIDE. Come? Io...

ORGONE. Basta, ti dico. So bene perché tu te la prendi così contro di lui. Voi l'odiate tutti, oggi vi scorgo chiaramente: tu, mia moglie, mia figlia, persino la servitù, scatenati contro di lui. Si usano sfrontatamente tutti i mezzi per strappare dal mio fianco questa santa persona: ma più voi fate sforzi e vi agitate per cacciarlo, più io mi ostinerò a tenerlo stretto a me; e voglio senz'altro fargli sposare mia figlia, per confondere una buona volta il vostro orgoglio.

DAMIDE. Dunque la obbligherete a sposarlo?

ORGONE. Sì, traditore, e questa sera stessa, per farvi rabbia. Ah! Io vi sfido tutti, e vi farò veder io che mi dovete obbedire e che sono io il padrone. Andiamo, ritrattatevi, qui sull'istante, mascalzone, buttatevi ai suoi piedi per domandargli perdono.

DAMIDE. Come! Io? Davanti a questo gaglioffo che con le sue imposture...

ORGONE. Ah, tu resisti, infame, e lo insulti! Un bastone, datemi un bastone! (*A Tartufo*) No, lasciatemi fare. (*A suo figlio*) Via subito da questa casa. E non pensare di ritornarvi mai più!

DAMIDE. Sì, me ne andrò; ma prima...

ORGONE. Basta, basta, via subito! Io ti privo della mia successione e, per giunta, ti maledico!

Scena VII

ORGONE, TARTUFO

ORGONE. Offendere così un sant'uomo!

TARTUFO. O Cielo, perdonategli come io gli perdono! (*A Orgone*) Se voi sapeste con qual dispiacere vedo che tentano di sminuirmi ai vostri occhi, fratello...

ORGONE. Ohimè!

TARTUFO. Il solo pensiero di questa ingratitudine mi dà una tal sofferenza, un tal supplizio... L'orrore che io ne provo... Ho il cuore così oppresso che non posso nemmeno parlare; no, no, io ne morirò.

ORGONE (*correndo in lagrime alla porta donde è uscito suo figlio*). Maledetto! Mi pento di non averti punito di mia mano; sì, di non averti accoppato qui su due piedi! (*A Tartufo*) Rimettetevi, fratello mio, e non vi adirate.

TARTUFO. Basta, basta, tronchiamo questi tristi discorsi. Io vedo bene quali disordini provoco qua dentro. Credo sia meglio, fratello mio, che me ne vada.

ORGONE. Ma come! Voi scherzate!

TARTUFO. Sono troppo odiato, vedo bene che cercano in tutti i modi d'insinuarvi dei sospetti contro me.

ORGONE. E che importa? Avete visto se il mio cuore li ascolta!

TARTUFO. Sì, ma continueranno, ne son sicuro; e a queste denunce che ora voi respingete, forse un giorno finirete per crederci.

ORGONE. No, mai, fratello.

TARTUFO. Ah! fratello mio, una moglie può facilmente sorprendere la buona fede di suo marito.

ORGONE. No, no, è impossibile.

TARTUFO. Lasciate che, allontanandomi di qui, io tolga a loro ogni occasione d'attaccarmi.

ORGONE. No, mai, voi resterete; a costo della vita.

TARTUFO. Ebbene, bisognerà dunque che io mi rassegni. Però, se voi credeste...

ORGONE. Ah!

TARTUFO. E sia: non parliamone più. Ma so ben io come bisogna fare in questi casi: l'onore è una cosa delicata e l'amicizia mi obbliga a prevenire i pettegolezzi e ogni occasione di malinteso. Io sfuggirò vostra moglie e voi non mi vedrete mai più...

ORGONE. No, a dispetto di tutti, voi la frequenterete! Fare arrabbiar la gente sarà la mia più gran soddisfazione; voglio che vi vedano insieme a ogni istante. E non è tutto: per sfidare più ancora il loro furore, io non voglio più avere nessun altro erede che voi; e subito, nelle dovute forme, vi farò intera donazione di tutta la mia sostanza. Un amico saldo e sincero che io prenda per genero mi è ben più caro che non mio figlio, mia moglie e i miei parenti. Non accettate questa proposta?

TARTUFO. Sia sempre fatta la volontà del Cielo!

ORGONE. Poverino, poverino! Suvvia presto, un buon atto in piena regola, e crepino tutti gli invidiosi!

ATTO QUARTO

Scena I

CLEANTE, TARTUFO

CLEANTE. Sì, mio caro, tutti ne parlano, e, credetemi, tutti questi pettegolezzi non tornano a vostro onore; vi ho trovato qui proprio in buon punto, per dirvi chiaro e tondo il mio pensiero in due parole. Io non sto a esaminare quello che dicono; ci passo sopra, e voglio accettare l'ipotesi più favorevole a voi. Supponiamo pure che Damide abbia torto e che vi abbiano accusato ingiustamente: ma un vero cristiano non deve forse perdonare le offese e spegnere nel proprio cuore ogni pensiero di vendetta? Come potete sopportare che, per la vostra lite, un figlio sia cacciato di casa dal proprio padre? Ve lo ripeto, e parlo francamente: tutti, dal primo all'ultimo, si scandalizzano; e, se volete credermi, voi dovreste metter tutto in pace e non spinger le cose a tal punto. Offrite a Dio in sacrificio il vostro risentimento e rimettete d'accordo il padre e il figlio.

TARTUFO. Ohimè! Io non desidero altro, per me, e di tutto cuore; io non serbo nessun risentimento verso lui, signore; io gli perdono tutto; non lo biasimo di nulla, vorrei dal profondo del cuore poterlo favorire, ma gli interessi del Cielo non me lo possono permettere. Se egli rientra qua dentro, io ne devo uscire. Dopo una simile azione, che non conosce l'eguale, ogni relazione tra noi darebbe scandalo: Dio sa cosa ne penserebbe la gente! Direbbero che l'ho fatto per politica e giurerebbero che, sentendomi colpevole, fingo tutto questo zelo per il mio accusatore,

53

che io lo temo e voglio risparmiarlo per potermi guadagnare sottomano il suo silenzio.

CLEANTE. Mi pare che non siano altro che scuse, pretesti, caro signore: le vostre ragioni sono troppo stiracchiate. Perché vi occupate tanto degli interessi del Cielo? Per punire il colpevole Iddio ha forse bisogno di noi? Lasciate, lasciate pure che compia da sé le sue giuste vendette: voi pensate soltanto a perdonare le offese, come sta scritto, e non state a considerare i giudizi degli uomini, quando seguite gli ordini supremi del Cielo. Come? L'idea di quello che potrà dire la gente v'impedirà di compiere una buona azione? No, no; compiamo sempre quello che il Cielo ci ordina, e non stiamo a preoccuparci mai di null'altro.

TARTUFO. Ma se vi ho già detto che di vero cuore gli perdono; e così seguo scrupolosamente gli ordini d'Iddio. Ma dopo lo scandalo e l'affronto di quest'oggi, il Cielo non può ordinarmi di vivere con lui.

CLEANTE. E vi ordina forse allora di ascoltare il capriccio di un padre adirato? E di accettare in dono una sostanza alla quale voi, secondo giustizia, non avete il minimo diritto?

TARTUFO. Chi mi conosce non penserà mai che lo faccia per interesse. Tutti i beni del mondo non valgono nulla ai miei occhi: io non mi lascio ingannare dal loro falso splendore. E se mi decido a ricevere dal padre questa donazione che egli assolutamente mi vuol fare, a dir la verità è soltanto perché temo che queste sostanze vadano a finire in cattive mani: che certe persone, ricevendole, ne facciano poi nel mondo un pessimo uso e non se ne servano, invece, come voglio far io, per la gloria del Signore e per il bene del prossimo.

CLEANTE. Eh! signore, non state a preoccuparvi di queste sottigliezze, che potrebbero causare il risentimento del legittimo erede! Lasciate che egli si tenga le sue sostanze a suo rischio e pericolo, senza volervi impicciare in quel che non vi riguarda, e pensate che è ben meglio che egli le adoperi malamente piuttosto che farvi accusare di volergliele portar via. Io mi meraviglio, però, che voi abbiate udito una simile proposta senza protestare. Perché, insomma, la vera religione comporta forse qualche massima che insegni a spogliare i legittimi eredi? E se proprio il Cielo vi proibisce a tutti i costi di vivere con Damide, non sarebbe molto meglio che voi, da persona discreta, vi ritiraste pulitamente da questa casa piuttosto che sopportare, contro ogni ragione, che per voi ne sia cacciato l'unico figlio? Credetemi, signore, mi pare che voi qui diate della vostra santità una prova...

TARTUFO. Signore, sono le tre e mezzo; certi doveri religiosi mi richiamano nella mia stanza, scusatemi, ma proprio vi debbo lasciare.

CLEANTE (*solo*). Ah!

Scena II

ELMIRA, MARIANNA, CLEANTE, DORINA

DORINA (*a Cleante*). Signore, per carità, intromettetevi anche voi: questa poverina soffre mille morti, e l'accordo che suo padre ha concluso per questa sera la riduce alla disperazione. Egli sarà qui tra poco. Uniamoci tutti, vi prego, e cerchiamo di distoglierlo, o con la forza o con l'astuzia, da questo disgraziato progetto, che ci mette fuori di noi.

Scena III

ORGONE, ELMIRA, MARIANNA, CLEANTE, DORINA

ORGONE. Oh, sono proprio contento di vedervi tutti riuniti. (*A Marianna*) Ho qui in questo contratto qualcosa che ti farà stare allegra, e tu sai già quello che voglio dire.

MARIANNA (*in ginocchio*). Padre mio, in nome del Cielo che

vede il mio dolore, per tutto quello che può commuo-
vervi, acconsentite a rinunziare un poco ai diritti paterni
e dispensatemi, vi scongiuro, da questa obbedienza. Non
riducetemi, con questa dura legge, al punto di dovermi
lamentare con Dio di tutto quel ch'io vi debbo; e questa
vita, ohimè!, che mi avete data, non la condannate per
sempre all'infelicità. Se voi mi proibite di essere di quello
che io amo, contro le più dolci speranze che abbia mai
accarezzate, almeno, per carità, ve lo chiedo in ginocchio, salvatemi dal tormento di sposare colui che abbor-
risco: non spingetemi alla disperazione servendovi in
modo così inumano del vostro potere!

ORGONE (*sentendosi intenerire*). Su, sta saldo, cuor mio, cosa
sono queste debolezze?

MARIANNA. Io non trovo nulla da ridire sull'amor vostro
per Tartufo: dimostratelo fin che volete, donategli tutte
le vostre sostanze e, se non basta, aggiungetevi le mie: vi
acconsento di tutto cuore e le abbandono a voi; ma non
andate fino al punto di concedergli la mia persona: con-
sentite che termini in un convento, con una vita di sacrificio, i pochi giorni che il Cielo ancora mi concederà.

ORGONE. Ah! Eccole qui: tutte religiose, quando un padre
contrasta i loro amori! Su, su in piedi! Più il tuo cuore
ripugna a questo sacrificio, maggiore ne sarà il merito:
mortifica i tuoi sensi con questo matrimonio e non stare
a seccarmi oltre!

DORINA. Ma insomma!...

ORGONE. Silenzio, voi! Parlate di quel che vi riguarda. Vi
proibisco assolutamente di aggiungere una sola parola.

CLEANTE. Se volete concedermi che vi dia qualche consiglio...

ORGONE. Fratello caro, i vostri consigli saranno i migliori
del mondo: sono giusti, ragionevoli, e io ne faccio gran
caso; ma potrete anche ammettere che non mi senta di
seguirli.

ELMIRA (*a suo marito*). Davvero che, davanti a questa scena,
non so più cosa dire: la vostra cecità è proprio ammire-

vole. Bisogna proprio essere ben presi da lui per osare smentirci persino sul fatto di quest'oggi!

ORGONE. Vi sono obbligatissimo, ma devo badare alle apparenze. So la vostra debolezza per quel furfante di mio figlio: voi certo non avete osato sconfessarlo in questa nera calunnia con la quale egli ha voluto colpire quel pover'uomo. E poi, eravate troppo tranquilla perché io vi credessi: se fosse stato vero, avreste dovuto mostrarvi ben più commossa...

ELMIRA. Dunque, alla semplice confessione di un impeto d'amore bisogna che il nostro onore si armi d'ogni violenza? È necessario proprio, in simili casi, mostrarsi infuriati e fuor di sé? Per me, simili discorsi mi fanno soltanto ridere; e aggiungerò che non amo gli scandali. Vorrei che si sapesse mostrarsi savi con moderazione; io non sono certo per quella virtù selvaggia che consiglia di difendere l'onore con zanne e artigli e vorrebbe scorticare le persone alla minima parola. Me ne guardi il Cielo! Io preferisco una virtù meno feroce, e sono sicura che la risoluta freddezza di un rifiuto è anche più efficace a respingere un cuore fuor di sé.

ORGONE. Sarà; ma so bene come stanno le cose e non mi lascio ingannare.

ELMIRA. Non posso far altro, vi ripeto, che ammirare quest'incredibile debolezza. Ma cosa mi direste voi se vi facessi toccare con mano la verità?

ORGONE. Toccar con mano?

ELMIRA. Sì, proprio.

ORGONE. Storie!

ELMIRA. Ma come? E se trovassi la maniera di farvelo vedere con i vostri occhi?

ORGONE. Favole!

ELMIRA. Dio, che uomo! Ma, almeno, rispondetemi. Io non vi chiedo di credermi; ma supponiamo ora che, nascondendovi in qualche parte, vi si facesse vedere e sentir bene tutto: cosa direste allora di questo vostro santone?

ORGONE. In questo caso direi... No, non direi nulla. È una cosa impossibile!

ELMIRA. Ebbene: l'errore dura da troppo tempo, non posso più sopportare questa accusa di falsità. Bisogna che voi mi facciate il favore di accettare la prova, subito, qui su due piedi.

ORGONE. E va bene. Vi prendo in parola. Vedremo la vostra abilità e in qual maniera riuscirete a mantener la promessa.

ELMIRA (*a Dorina*). Fatemelo venire.

DORINA (*a Elmira*). Badate, signora, che è molto furbo, e non sarà facile coglierlo in fallo.

ELMIRA (*a Dorina*). No: ci lasciamo facilmente ingannare da quelli che amiamo, e la vanità favorisce ancor meglio l'inganno. Andatelo a chiamare, vi ho detto. (*A Cleante e a Marianna*) E voi ritiratevi.

Scena IV

ELMIRA, ORGONE

ELMIRA. Tiriamo in qua questo tavolo e mettetevi un po' qui sotto.

ORGONE. Come?

ELMIRA. Sarà pur necessario nascondervi bene.

ORGONE. Ma perché proprio sotto il tavolo?

ELMIRA. Oh, santo Dio! Lasciatemi fare! Ho la mia idea e voi ne giudicherete. Mettetevi qui sotto, vi dico, e quando ci sarete, badate bene di non farvi vedere né sentire.

ORGONE. Bisogna pur dire che sono ben compiacente! Ma voglio veder la fine di questa commedia.

ELMIRA. Voi non avrete, credo, più nulla da dire. (*A suo marito, che è sotto il tavolo*) Ma badate che farò dei discorsi un po' strani: non scandalizzatevi, vi raccomando. Qualsiasi cosa io dica, mi deve essere permesso; sarà solamente per convincervi: vi ho dato la mia parola. Tenterò con la tenerezza, poiché voi mi ci obbligate, di smascherare quell'ipocrita: lusingherò gli impudenti desideri del suo amore e dovrò anche dar libero campo alla sua temerità. E poiché è per voi solo, e per meglio confonderlo, che fingerò di corrispondere alla sua passione, potrò cessare quando voi vi confesserete vinto, e le cose arriveranno soltanto fino al punto che vi parrà bene. Sta a voi intervenire e troncare il suo folle trasporto, quando crederete che la cosa sia andata abbastanza avanti. È nel vostro interesse e dovrete decidervi voi; e... Eccolo qui. Guardate bene di non mostrarvi.

Scena V

TARTUFO, ELMIRA, ORGONE

TARTUFO. Mi hanno detto che mi aspettavate qui per parlarmi.

ELMIRA. Sì. Debbo rivelarvi un segreto. Ma chiudete bene la porta, prima, e guardate dappertutto che nessuno ci ascolti. Una sorpresa come quella di poco fa sarebbe un disastro: non si è mai visto un colpo così terribile. Damide mi ha fatto temere troppo per voi, e avete ben visto che ho fatto ogni sforzo per ostacolare il suo progetto e calmare i suoi furori. La confusione, è vero, mi ha sorpresa e scossa a tal punto che non ho avuto l'idea di smentirlo subito. Ma infine, grazie al Cielo, tutto si è concluso bene! Ed ora siamo molto più sicuri di prima. La stima di cui voi godete ha dissipato la tempesta, e mio marito non potrà mai più prendersi ombra di voi; anzi, per sfidare meglio ancora i pettegolezzi delle male lingue, vuole che noi ci troviamo insieme a ogni momento. Per questo io posso ora, senza essere mal giudicata, trovarmi qui con voi da solo a sola; e per questo oso senz'altro manifestarvi il mio cuore, forse troppo facile, ohimè, a lasciarsi vincere dalla vostra passione...

TARTUFO. Questo linguaggio, signora, è molto difficile da comprendere. Poco fa voi parlavate in ben altra maniera.

ELMIRA. Ah! vedo bene che siete irritato dal mio rifiuto; ma quanto poco conoscete il cuore di una donna! Come non sapete che significato hanno certe resistenze così deboli e indolenti! Il nostro pudore lotta sempre, in tali momenti, contro l'inclinazione naturale alla tenerezza. Per quanto noi non sappiamo trovare ragioni sufficienti per opporci all'amore che ci invade, il confessarlo è sempre una gran vergogna: sulle prime ci si difende. Ma il modo stesso con cui lo si fa mostra abbastanza chiaramente che il cuore è pronto ad arrendersi: che la bocca dice di no soltanto per un ultimo simulacro d'onore, e che simili rifiuti sono invece promesse. Questa è senza dubbio una confessione assai chiara, e io risparmio ben poco il mio pudore. Ma poiché ormai la parola mi è sfuggita: avrei cercato, ditemi, di trattenere Damide dal denunziarvi? Avrei ascoltato forse con tanta tranquillità fino alla fine la vostra dichiarazione; avrei forse preso la cosa su quel tono, se non mi fosse piaciuta, malgrado tutto, la vostra confessione? E quando io stessa volevo obbligarvi a rinunciare a quel matrimonio di cui si era appena parlato, che altro vi avrebbe dovuto suggerire la mia insistenza, se non l'interesse profondo che sento per voi e il disinganno che proverei se questo legame che si vuol stringere mi venisse a sottrarre una parte almeno di questo cuore che posseggo?

TARTUFO. Signora, l'intendere queste parole da una bocca tanto amata è una dolcezza che non ha confini; la soavità di questo discorso m'invade tutto di una felicità che non ho mai provato. La somma gioia di non dispiacervi è il mio scopo supremo e il mio cuore trova in voi ogni sua beatitudine. Ma, ohimè, questo cuore vi chiede perdono se osa dubitare ancora della sua felicità. Potrei pensare anche che questa non sia che una legittima scusa per spingermi a rompere il matrimonio che si vuol combinare. E se proprio debbo osare dir tutto: non posso purtroppo fidarmi di queste parole così dolci senza che qualche minima parte di quei favori, che sono tutto il mio desiderio, non mi assicuri della verità assoluta della vostra dichiarazione e non suggelli alfine una incrollabile fede nella incredibile bontà che voi avete per me.

ELMIRA (*dopo aver tossito per avvisare il marito*). Come? Andate così svelto e vorreste d'un tratto esaurire tutta la tenerezza del cuor mio? Mi spingo fino a farvi la più dolce confessione, e la più difficile, e non basta ancora? Per soddisfarvi, dunque, bisognerà proprio giungere senz'altro agli estremi favori?

TARTUFO. Meno si merita la felicità e meno si osa sperarla. Il mio amore non riesce a persuadersi alle sole parole. È troppo naturale l'essere increduli davanti a tanta gioia e si vorrebbe poterne godere per poterci credere. Io mi sento così indegno della vostra bontà che dubito che la mia audacia possa venire ricompensata così: non potrò mai crederlo, signora, sino a che voi mi abbiate convinto con qualche prova.

ELMIRA. Mio Dio, ma come è mai tiranno il vostro amore! Mi induce in un turbamento così strano! Come egli sa comandare sui cuori e con quanta violenza si ostina nei suoi desideri! Come? Sarà dunque impossibile difendersi da voi, e non mi volete proprio dare nemmeno il tempo di prender fiato? Ma perché tanto rigore? Perché pretendere subito tutto quanto si desidera e volere abusare così, con questa dolce violenza, della debolezza che voi scorgete in me al vostro riguardo?

TARTUFO. Ma se voi riguardate con benevolenza i miei desideri, qual ragione avreste di rifiutarvi di darmene la prova?

ELMIRA. Ma come sarebbe mai possibile consentire alle vostre pretese senza offendere il Cielo, di cui voi parlate così continuamente?

TARTUFO. Se è soltanto il Cielo che vi si oppone, per me è

facilissimo vincere questo ostacolo; e non è proprio per questo che dovrete frenare il vostro cuore.

ELMIRA. Ma ci spaventano tanto con i precetti del Signore!

TARTUFO. Io sono in grado di dissipare questi ridicoli timori, signora, e conosco bene l'arte di togliere di mezzo gli scrupoli. Il Cielo proibirebbe, è vero, certe soddisfazioni; ma infine non è difficile trovar degli accomodamenti.* Secondo i vari casi, c'è tutta una scienza che ci insegna ad allentare i legami della nostra coscienza e a correggere il male di un'azione con la purezza delle intenzioni. Di questi segreti, o signora, mi sarà facile istruirvi: vi basterà lasciarvi condurre da me. Acconsentite al mio desiderio e non abbiate paura. Rispondo io di tutto e ne assumo la piena responsabilità. (*Elmira tossisce più forte.*) Voi tossite molto, signora.

ELMIRA. Sì, è proprio un supplizio.

TARTUFO. Volete un pezzettino di liquerizia?

ELMIRA. No, grazie. È una tosse troppo ostinata: so bene che tutte le liquerizie del mondo non servirebbero a nulla.

TARTUFO. È molto spiacevole, certo.

ELMIRA. Sì, più di quel che si crederebbe.

TARTUFO. Infine: il vostro scrupolo sarà distrutto facilmente. Sapete bene che io vi garantisco il più assoluto segreto, e il male sta soltanto nello scandalo. È lo scandalo che lo rende condannabile e odioso, e peccare in silenzio non è nemmeno un peccato.

ELMIRA (*dopo aver tossito ancora*). Vedo che bisogna proprio risolversi a cedere. Dovrò dunque consentire a concedervi tutto, poiché proprio diversamente non è possibile che ci si accontenti e che ci si voglia convincere! Senza dubbio mi spiace giungere a tal punto, ed è proprio mio malgrado che vinco ogni pudore; ma poiché ci si ostina a volermi spingere a ciò, poiché non si vuol credere a tutto

* È uno scellerato che parla (N.d.A)

62

quello che si possa dire e si pretendono delle prove più convincenti, bisognerà pur risolversi e contentarvi. E se questo consenso dovesse avere in sé alcunché di ingiurioso, tanto peggio per chi mi obbliga a ciò: certamente la colpa non sarà mia.

TARTUFO. Certamente, signora, sulla mia responsabilità; e la cosa in sé...

ELMIRA. Andate un po' alla porta e uscite un momento a guardare, vi prego, se mio marito non è su nella galleria.

TARTUFO. Eh! c'è proprio bisogno di aver tanti riguardi con lui? È un uomo, a dirlo tra noi, da menar per il naso. In tutta questa faccenda possiamo fingere d'ignorarlo, e l'ho ridotto a tal punto che non crederebbe nemmeno ai suoi occhi.

ELMIRA. Non importa, uscite un momento, vi prego, e guardate bene dappertutto. Non si sa mai.

Scena VI

ORGONE, ELMIRA

ORGONE (*uscendo di sotto il tavolo*). Ecco, bisogna dirlo, un uomo abominevole! Non me ne posso capacitare: è un colpo che mi uccide.

ELMIRA. Come, siete già sortito? Ma volete scherzare! Tornate un po' là sotto: non è ancora il momento. Aspettate ancora fino alla fine, per essere proprio sicuro, e non fidatevi così delle apparenze!

ORGONE. No, l'inferno non ha mai creato un mostro più orrendo!

ELMIRA. Eh, mio Dio! Non si deve mica credere troppo facilmente in certe cose: lasciate che vi convinca bene, prima di dichiararvi vinto, e non affrettatevi, vi potreste anche sbagliare. (*Elmira nasconde Orgone dietro di sé.*)

Scena VII

TARTUFO. Tutto cospira, signora, alla mia felicità! Ho visitato in persona tutto l'appartamento. Non c'è proprio nessuno; e la mia anima al colmo della gioia...

ORGONE (*fermando di colpo Tartufo*). Piano! Piano! Voi correte troppo dietro a questo amore, non sta bene scaldarsi così... Ah, sì, eh? Voi, proprio voi, il sant'uomo! Volevate farmela, eh? Com'è debole la vostra anima davanti alle tentazioni! Sposavate mia figlia e volevate mia moglie! E io che dubitavo proprio che parlaste sul serio: aspettavo sempre che rivoltaste il discorso! Ma, basta!, ormai ne ho troppe prove: ne ho abbastanza e proprio non ne desidero più.

ELMIRA (*a Tartufo*). È contro la mia volontà, credetelo, che ho fatto questo: ma proprio sono stata obbligata a trattarvi così.

TARTUFO (*a Orgone*). Come? E voi credereste?...

ORGONE. Basta: non facciamo tante chiacchiere, per carità. Fuori di qua, subito, e senza una parola.

TARTUFO. Ma la mia intenzione era...

ORGONE. Ah no, questi discorsi ora non servono più; uscite subito di casa mia, su due piedi.

TARTUFO. Siete voi che ne uscirete, proprio voi, che parlate da padrone! La casa appartiene a me, io lo dimostrerò e vi mostrerò chiaro che invano si è cercato di usare ogni falsità e ogni bassezza per provocarmi. Che, insultandomi così, sbagliate tono; che ho il mezzo di confondervi tutti e di smascherare l'impostura, di vendicare il Cielo che qui si offende e di far pentire chi parla di cacciarmi di casa!

Scena VIII

ELMIRA, ORGONE

ELMIRA. Come, cos'è questo discorso? Cosa intende dire?

ORGONE. Ohimè!, sono proprio confuso, e c'è davvero poco da ridere.

ELMIRA. E perché mai?

ORGONE. Ohimè!, ora comprendo il mio errore: è quella donazione che mi tormenta.

ELMIRA. La donazione?...

ORGONE. Sì. È ormai cosa fatta. Ma c'è dell'altro ancora, che mi inquieta...

ELMIRA. E che mai?

ORGONE. Lo saprete ben presto. Ma voglio veder subito se quella cassetta lassù è ancora al suo posto

ATTO QUINTO

Scena I

ORGONE, CLEANTE

CLEANTE. Dove correte?

ORGONE. Ohimè!, che ne so io?

CLEANTE. Credo che sarebbe meglio che tenessimo consiglio un poco, per vedere come si potrebbe riparare a questa disgrazia.

ORGONE. È quella cassetta che mi sconvolge, soprattutto.

CLEANTE. È dunque molto importante?

ORGONE. È un deposito di Argante, il mio povero amico. Lui stesso me l'ha consegnata in gran segreto: egli mi ha scelto tra tutti, quando dovette fuggire. Sono delle carte, a quanto mi disse: dei documenti dai quali dipendono la sua vita e tutti i suoi averi.

CLEANTE. E perché mai affidarli ad altre mani?

ORGONE. È stato uno scrupolo di coscienza. Io stavo per confidare tutto senz'altro a quel traditore, ed egli mi ha persuaso di dargli piuttosto la cassetta in consegna. Perché così, nel caso che mi avessero interrogato, avrei potuto in piena coscienza giurare di non averla.

CLEANTE. Eccovi ben male aggiustato, almeno a quanto pare: tanto la donazione quanto questa confidenza sono, a dirla chiara, degli atti di leggerezza imperdonabile. Con simili ostaggi vi si potrebbe far fare qualsiasi cosa; e con un uomo che ha tali vantaggi su voi è stata una grande imprudenza, ancora, irritarlo così. Avreste dovuto smorzare un poco la vostra collera.

ORGONE. E com'era possibile? Sotto un'apparenza di così

66

commovente devozione, nascondere un cuore così falso, un'anima così malvagia! E io che l'ho accolto in casa mia, questo straccione che non aveva nemmeno un soldo... È finita: non voglio più saperne d'un religioso neanche a morire. D'ora in avanti li fuggirò come la peste, sarò con essi peggio che un demonio.

CLEANTE. Eccovi ai vostri soliti furori! Non sapete conservare in nulla la giusta misura e moderare il vostro sentimento; bisogna sempre che andiate da un eccesso all'altro. Vedete bene il vostro errore e avete ormai capito come siete stato ingannato da questo falso zelo. Ma, per correggervi, che bisogno c'è di precipitarvi in un errore ancora più grande e confondere questo perfido con tutti i galantuomini che voi potrete trovare? Come? Perché un birbante vi truffa sfacciatamente con la pomposa apparenza di una falsa austerità, voi dovete credere che tutti siano fatti come lui, che non sia più possibile trovare un vero devoto? Lasciate agli empi questi sciocchi pensieri: sappiate distinguere la vera virtù dall'apparenza, non arrischiate troppo alla svelta la vostra stima e mantenetevi sempre nel giusto mezzo. Guardatevi, se si può, dal venerare l'impostura; ma non mettetevi a ingiuriare la vera religione. E, se proprio dovrete esagerare in qualche cosa, continuate piuttosto a peccare per troppa fiducia.

Scena II

ORGONE, CLEANTE, DAMIDE

DAMIDE. Come, papà, è proprio vero che quel furfante vi minaccia? Egli sarà ingrato, dunque, a tutti i benefizi? E la sua vile prepotenza, degna d'ogni furore, si serve contro di voi della vostra stessa bontà?

ORGONE. Sì, figlio mio, e non puoi credere come ne sia confuso e fuor di me.

DAMIDE. Lasciate fare, lo arrangerò ben io come si deve! Non bisogna cedere alla sua insolenza. Ve ne saprò liberare io d'un colpo solo. Per togliervi d'imbarazzo io lo accoppo senz'altro.

CLEANTE. Ecco un vero discorso da ragazzo! Moderatevi, per carità, moderatevi. Noi viviamo sotto un governo e in tempi in cui la violenza non ha proprio nulla da fare.

Scena III

MADAMA PERNELLA, ORGONE, ELMIRA, CLEANTE, MARIANNA, DAMIDE, DORINA

MADAMA PERNELLA. Che c'è dunque? Io sento qui dei terribili misteri!

ORGONE. Dei misteri di cui i miei stessi occhi sono stati testimoni, e voi vedete la ricompensa di tutti i miei benefizi! Raccolgo caritatevolmente un uomo dalla miseria, lo alloggio, lo tengo presso di me come se fosse un fratello, lo carico ogni giorno di benefizi; gli do mia figlia in sposa e tutti i miei averi. E intanto il perfido, l'infame, tenta nientemeno che di subornare mia moglie e, non contento ancora di questa bassezza, osa minacciarmi servendosi dei miei benefizi e usa, per la mia rovina, le armi che io stesso, nella mia troppo credula bontà, gli ho messo in mano. Vuole usurpare i miei beni che io gli ho donato e ridurmi nello stato dal quale io stesso lo salvai!

DORINA. Poverino! Poverino!

MADAMA PERNELLA. Figlio mio, non posso proprio risolvermi a credere ch'egli abbia voluto tentare un'azione così nera.

ORGONE. Come? Come?

MADAMA PERNELLA. Sapete, i galantuomini sono sempre invidiati.

68

ORGONE. Ma insomma, madre mia, cosa pretendereste dire con questo discorso?

MADAMA PERNELLA. Che in casa vostra si vive in un ben strano modo, e che sappiamo troppo bene quanto egli sia odiato qua dentro.

ORGONE. E come c'entra quest'odio con quello che vi ho detto?

MADAMA PERNELLA. Ve l'avrò detto cento volte, fin da quando eravate bambino: la virtù a questo mondo è sempre perseguitata, moriranno gli invidiosi, non morirà mai l'invidia.

ORGONE. Ma cosa c'entra questo discorso con quello che è capitato?

MADAMA PERNELLA. Vi avranno raccontato cento sciocchezze sul suo conto.

ORGONE. Ma se vi dico che l'ho visto con i miei occhi!

MADAMA PERNELLA. La malizia dei maldicenti è senza limiti.

ORGONE. Mamma, mi farete dannare! Ma se vi dico che l'ho visto con questi occhi tentare una cosa così odiosa!

MADAMA PERNELLA. Le lingue dei malvagi sono sempre pronte a spander veleno, e non c'è nulla quaggiù che non possa sottrarsi a loro.

ORGONE. Ma è una cosa senza senso! Quando vi dico che l'ho visto, visto con questi miei occhi, visto, vi ho detto! Bisognerà ripeterlo cento volte e gridare come una bestia?

MADAMA PERNELLA. Eh, santo Dio! Molte volte l'apparenza inganna: non bisogna mica giudicar sempre da quel che si vede.

ORGONE. Uff! Soffoco!

MADAMA PERNELLA. La nostra natura è troppo facile ai pronti sospetti e molto spesso il bene viene male interpretato.

ORGONE. Ma che bene dovrebbe mai essere il desiderio di abbracciare mia moglie!

MADAMA PERNELLA. Bisogna essere ben sicuri del fatto nostro prima di accusare qualcuno; e voi dovreste aspettare di averne proprio certezza.

ORGONE. Ma diavolo! E con qual mezzo avrei potuto averne certezza? Dovevo dunque, mamma, aspettare che sotto i miei occhi egli osasse... Mi farete dire qualche sproposito!

MADAMA PERNELLA. È inutile, la sua anima dimostra un troppo santo zelo, e io non potrò mai mettermi in testa ch'egli abbia voluto soltanto tentare le atrocità che voi dite.

ORGONE. Insomma, se non foste mia madre, non so proprio quel che vi direi, tanto sono arrabbiato!

DORINA (a Orgone). Eh, signore, che volete? Chi la fa l'aspetti: voi non volevate credere e adesso non vi si crede.

CLEANTE. Ma noi stiamo perdendo, con queste sciocchezze, un tempo che bisognerebbe adoperare in ben altre faccende. Non è mica il momento di dormire, con addosso le minacce di un tal gaglioffo.

DAMIDE. Come? La sua impudenza arriverebbe a tal punto?

ELMIRA. Per me, proprio non credo che si arrivi fino a questo: sarebbe un'ingratitudine troppo lampante.

CLEANTE (a Orgone). Non fidatevi, vi dico! Egli avrà molti mezzi per giustificare le sue azioni contro voi. E per molto meno di questo, certa gente, con mille intrighi, si trova peggio che in un labirinto. Ve lo ripeto: armato com'era, voi non avreste mai dovuto metterlo con le spalle al muro.

ORGONE. È vero, ma cosa fare? Davanti alla sfrontatezza di quel traditore proprio non mi sono potuto contenere.

CLEANTE. Io vorrei piuttosto che si potesse cercare un accordo, con qualche scusa, per amore della pace.

ELMIRA. Oh! Se avessi saputo che egli aveva in mano tali armi, non avrei certo fatto nascere questo scandalo; e magari...

ORGONE (a Dorina vedendo entrare il signor Leale). Cosa vuole quest'uomo? Andate un po' a domandarglielo. Sono proprio in condizione da ricevere delle visite!

Scena IV

ORGONE, MADAMA PERNELLA, ELMIRA, MARIANNA,
CLEANTE, DAMIDE, DORINA, IL SIGNOR LEALE

IL SIGNOR LEALE. Iddio v'abbia in grazia, sorella diletta; fate, vi prego, che io possa parlare al signore.

DORINA. Egli ha visite, e credo che non sia in grado, per il momento, di ricevere nessuno.

IL SIGNOR LEALE. Io non sono mica qui per importunare. Credo che non gli darò nessuna notizia che gli dispiaccia, e vengo per una cosa della quale sarà contentissimo.

DORINA. Il vostro nome?

IL SIGNOR LEALE. Ditegli soltanto che vengo da parte del signor Tartufo, per il suo bene.

DORINA (a Orgone). È un uomo che viene, con buona maniera, da parte del signor Tartufo per un affare del quale, dice lui, dovrete trovarvi contento.

CLEANTE. Bisognerà sentire chi è quest'uomo e che vorrà mai.

ORGONE. Forse verrà qui per cercare un accordo: come devo comportarmi in questo caso?

CLEANTE. Sarà meglio far tacere il vostro risentimento e, s'egli parla d'accordo, ascoltatelo con calma.

IL SIGNOR LEALE. Salute, o signore! Il Cielo confonda chiunque vi vuol male e vi sia benigno tanto quanto lo desidero!

ORGONE (a Cleante). Questo principio gentile s'accorda con la mia previsione di poter venire a un accomodamento.

IL SIGNOR LEALE. La vostra casa mi è sempre stata cara, e io fui già servitore del vostro signor padre.

ORGONE. Signore, mi dispiace moltissimo e vi chiedo mille scuse di non conoscervi di persona e di non sapere il vostro nome.

IL SIGNOR LEALE. Io mi chiamo Leale, nato in Normandia, e sono usciere giudiziario, a dispetto dell'invidia. Da quarant'anni, grazie al Cielo, ho la fortuna di esercitare questa carica con molto onore e vengo ora, signore, col vostro permesso, a notificarvi l'esecuzione di una certa ordinanza...

ORGONE. Come? Voi siete qui...

IL SIGNOR LEALE. Signore, senza perder la calma: non è null'altro che un'ingiunzione, un ordine di uscire di qui, voi e tutta la vostra famiglia, di portar fuori i vostri mobili e di lasciare il posto ad altri, senza indugio né remissione, così come si deve fare.

ORGONE. Io? Uscire di qui?

IL SIGNOR LEALE. Sì, signore, se non vi dispiace. Questa casa da oggi, come del resto sapete benissimo, appartiene senza contestazione al buon signor Tartufo. Egli è ormai padrone e signore dei vostri beni, in virtù di un contratto del quale io sono il latore. Esso è in piena regola e non ci si può trovar nulla da ridire.

DAMIDE. Certo, questa impudenza è straordinaria e non si può non ammirarla.

IL SIGNOR LEALE. Signore, io non ho nulla a che fare con voi. Io parlo al signore: egli è calmo e ragionevole e conosce troppo bene il dovere di un onest'uomo per osare opporsi all'azione della giustizia.

ORGONE. Ma...

IL SIGNOR LEALE. Sì, signore, so bene che neppure per un milione voi vorreste ribellarvi e che sopporterete da persona savia e dabbene che io eseguisca qui gli ordini di cui sono incaricato.

DAMIDE. Sapete, signor usciere giudiziario, che correte anche il rischio di vedervi arrivar qualche legnata su quel vostro giubbone?

IL SIGNOR LEALE. Signore, fate che vostro figlio serbi il silenzio o si ritiri. Sarei davvero spiacentissimo di essere obbligato a mettere qualche cosa per iscritto e di dovervi far figurare nel mio verbale.

DORINA. Questo signor Leale ha davvero un'aria ben poco leale.

IL SIGNOR LEALE. Io sono sempre pieno di riguardo per tutte le persone per bene e mi sono incaricato di questa missione, signore, soltanto per potervi trattar bene e farvi piacere: per impedire che forse non fosse mandato qui qualcuno che, non avendo verso voi tutto il mio zelo, avrebbe potuto procedere in un modo assai meno delicato.

ORGONE. Ma si può far di peggio che ordinare a uno di uscire di casa sua?

IL SIGNOR LEALE. Vi si concede tutto il tempo: soprassederò fino a domani, signore, all'esecuzione dell'ordinanza. Verrò soltanto a passar qui la notte con dieci dei miei uomini, senza scandalo né rumore. Tanto per la forma sarà meglio, se non vi dispiace, che prima di andare a dormire voi mi diate le chiavi della porta. Io mi guarderò bene dal turbare il vostro riposo e dal farvi patire il minimo disturbo inutile. Ma domani, sin dal mattino, bisognerà che siate pronto a sgomberare, fino alla minima cosa; i miei uomini vi aiuteranno e ho avuto cura di sceglierli forti, per servirvi a metter fuori ogni mobile di casa. Credo che non si potrebbe trattar meglio di così. E, dato che vi tratto con tanta indulgenza, vi scongiuro, signore, da parte vostra, di trattarmi bene anche voi e di non disturbarmi per nulla nell'esecuzione del mio dovere.

ORGONE. Giuro che darei di cuore, e su due piedi, i cento più bei luigi di quel poco che mi resta per poter aver la soddisfazione di piantare su quel muso il più gran pugno che un uomo possa mai dare al mondo.

CLEANTE. Calma, calma, non guastiamo le cose.

DAMIDE. Davanti a un'audacia di questo genere, non so come trattenermi, mi prudono le mani.

DORINA. Signor Leale, perbacco, avete una così bella schiena che credo che qualche bastonata ci starebbe al suo posto.

IL SIGNOR LEALE. Badate, mia cara, che potrei anche punire queste parole infami, e che le leggi valgono anche contro le donne.

CLEANTE. Basta, signore, finiamola. Dateci questa carta, vi prego, e lasciateci soli.

IL SIGNOR LEALE. Arrivederci. Che il Cielo vi conservi e vi dia gioia!

ORGONE. Possa il Cielo confonder te e chi ti manda!

Scena V

ORGONE, MADAMA PERNELLA, ELMIRA, CLEANTE,
MARIANNA, DAMIDE, DORINA

ORGONE. Vedete bene, mamma, se non ho ragione; e voi potete giudicare di tutto il resto da questo bel finale. Vi persuaderete infine dei suoi tradimenti?

MADAMA PERNELLA. Io sono sbalordita, e davvero casco dalle nuvole!

DORINA (*a Orgone*). Però voi vi lamentate a torto, a torto lo biasimate: tutto ciò non fa che confermare le sue sante intenzioni. La sua virtù non pensa che al bene del prossimo; egli sa troppo bene che spesso le ricchezze corrompono gli uomini e, per pura carità, vuole liberarvi di quanto può rappresentare un ostacolo per la salute dell'anima vostra.

ORGONE. Ma state zitta! Avete sempre bisogno di dire qualche cosa.

CLEANTE (*a Orgone*). Venite, cerchiamo con qual mezzo riparare a questo colpo.

ELMIRA. Sì, andate a denunciare la sfrontatezza di quell'ingrato. Questo modo di procedere toglie ogni valore al contratto: la sua slealtà è troppo manifesta per permettergli di vincerla com'egli crede.

Scena VI

VALERIO, ORGONE, MADAMA PERNELLA, ELMIRA, CLEANTE, MARIANNA, DAMIDE, DORINA

VALERIO. Signore, sono davvero spiacentissimo di venirvi a portare una cattiva notizia, ma vi sono costretto dall'imminenza del pericolo. Un amico, che è legato a me da grandissimo affetto e che sa quanto mi interessi a voi, ha osato violare per me, con un'azione assai delicata, il segreto degli affari di Stato. Egli mi ha mandato un avviso, donde si ricava che non vi resta che fuggire su due piedi. Quel traditore che ha saputo per tanto tempo ingannarvi, un'ora fa si è presentato al Principe per accusarvi: egli ha consegnato nelle sue mani, unitamente alla sua denuncia, uno scrigno di un nemico dello Stato, del quale, contro il dovere di ogni buon suddito, dice lui, avete voluto conservare il segreto. Io veramente non so bene di qual delitto vi si incolpi, ma c'è l'ordine d'imprigionarvi, e lo stesso Tartufo è incaricato, per meglio eseguirlo, di accompagnare l'ufficiale che vi deve arrestare.

CLEANTE. Ecco le armi con cui difende i suoi diritti! È il mezzo più sicuro, per quel traditore, d'impadronirsi dei vostri beni.

ORGONE. Bisogna dirlo, ma l'uomo è proprio una ben brutta bestia!

VALERIO. Il minimo ritardo vi potrebbe esser fatale. La mia carrozza è giù alla porta per aiutarvi a fuggire, con mille luigi che vi prego di accettare. Non perdiamo tempo. Il colpo è fulmineo e l'unica maniera di pararlo è la fuga. Io mi impegno a guidarvi in un luogo sicuro e voglio accompagnarvi in persona fin là.

ORGONE. Ohimè! Quanto non debbo mai alle vostre premure! Speriamo che mi sia data l'occasione di rendervene merito. Io invoco il Cielo d'essermi tanto benigno da permettermi di ricompensare un giorno tanta generosità. Addio, pensate voi al resto.

CLEANTE. Andate, andate presto: penseremo noi a tutto quel che occorre.

Scena VII

TARTUFO, UN UFFICIALE DEL PRINCIPE, MADAMA PERNELLA, ORGONE, ELMIRA, CLEANTE, MARIANNA, VALERIO, DAMIDE, DORINA

TARTUFO (*fermando Orgone*). Adagio, signore, adagio, non correte così. Non avrete bisogno di andar lontano per trovare un rifugio: in nome del Re, voi siete arrestato.

ORGONE. Traditore! Mi hai serbato questo colpo per ultimo, ed è il colpo di grazia, scellerato! Il coronamento di tutte le tue perfidie!

TARTUFO. Le vostre ingiurie non riusciranno a offendermi. Ho già imparato da tempo, per amore di Dio, a tollerare ogni cosa.

CLEANTE. Moderazione lodevolissima, bisogna dirlo!

DAMIDE. Ah! Come quest'infame impunemente osa farsi gioco del Cielo!

TARTUFO. Tutti i vostri furori non mi commuoveranno per nulla: io penso soltanto a fare il mio dovere.

MARIANNA. Certo, eseguendolo, questa volta vi guadagnerete una gran gloria, e il prendervi questo incarico vi fa molto onore.

TARTUFO. Qualsiasi incarico sarà pur sempre glorioso, quand'esso proviene dall'autorità che mi manda in questa casa.

ORGONE. Ma non ti ricordi, ingrato, che la mia mano caritatevole ti ha strappato alla miseria?

TARTUFO. Sì, so benissimo i soccorsi che mi avete dato; ma gli interessi del Re sono il mio primo dovere. E la legittima autorità di questo santo dovere vince nel mio cuore ogni possibile riconoscenza: davanti a un obbligo di questo genere dovrei sacrificare chiunque, amici, moglie, genitori, e me stesso, con loro.

ELMIRA. L'impostore!

DORINA. Come sa bene, con queste false parole, farsi scudo delle cose più sacre!

CLEANTE. Ma se questo zelo che vi spinge ora, e di cui voi vi ammantate, è davvero così imperioso come dite, perché mai per manifestarsi ha proprio aspettato che Orgone vi abbia sorpreso a insidiare sua moglie, e perché non pensavate a denunciarlo prima che lui fosse obbligato a cacciarvi di casa? E non vi parlo, poi, del dono di tutti i suoi averi che egli vi ha appena fatto; ma se voi volevate trattarlo oggi come un colpevole, come potevate accettare la minima cosa da lui?

TARTUFO (all'Ufficiale del Principe). Signore, liberatemi da tutto questo chiasso, e vogliate, vi prego, eseguire senz'altro i vostri ordini.

L'UFFICIALE DEL PRINCIPE. Sì, senza dubbio ho atteso troppo. Giustamente voi mi invitate a fare il mio dovere e, per eseguirlo senz'altro, venite subito con me in prigione.

TARTUFO. Chi? Io, signore?

L'UFFICIALE DEL PRINCIPE. Sì, proprio voi.

TARTUFO. E perché mai in prigione?

L'UFFICIALE DEL PRINCIPE. Non è a voi che devo rendere conto. (*A Orgone*) Rimettetevi, signore, dalla vostra trepidazione. Noi viviamo sotto un Principe nemico della frode, un Principe i cui occhi sanno leggere in tutti i cuori e che tutta l'arte degli impostori non riuscirà mai a ingannare. Il suo grande animo è fornito di un così sottile discernimento da portar sempre sulle cose il più retto giudizio; nulla mai riesce a sorprendere la sua buona fede, e il suo fermo buon senso sa guardarsi da ogni eccesso. Egli rende gloriose con la sua benevolenza le persone dabbene, ma sa manifestare questa sua volontà sempre nella giusta misura: e tutto l'amore per la verità non riuscirà mai a trarlo in fallo davanti alle menzogne dei malvagi. Costui non avrebbe potuto certo ingannarlo: egli è riuscito a sottrarsi a insidie ben più pericolose. Con la sua penetrazione egli ha ben scorto subito tutta la bassezza di quest'anima. Presentandosi per accusarvi, costui s'è tradito da se stesso e, per somma volontà del Cielo, si è manifestato al Principe per quello ch'egli era: niente altro che un furfante matricolato del quale il Principe già era informato sotto un altro nome, ed è tutta una catena di male azioni che a raccontarle non finirebbero più. Il Principe, per farla breve, è subito rimasto inorridito dalla sua bassa ingratitudine e dalla sua slealtà verso di voi. A tutti gli altri delitti di costui, egli ha ora aggiunto quest'ultimo; e mi ha ordinato di condurlo fin da voi soltanto per vedere sino a qual punto sarebbe giunta la sua impudenza e per obbligarlo a rendervi ragione senz'altro d'ogni cosa. Sì, egli vuole che io spogli il traditore di tutte quelle vostre carte di cui egli si dice padrone e che le riconsegni a voi. Con il suo supremo potere egli rompe il contratto per il quale voi gli faceste dono di tutti i vostri beni, e vi perdona anche di quell'offesa alla sua autorità, nella quale voi siete incorso per favorire un amico. Egli vuole così premiarvi per lo zelo che voi altra volta dimostraste in sua difesa: per mostrare che il suo cuore sa ricompensare a tempo debito, quando meno ci si pensa, tutte le buone azioni; che il vero merito con lui non ha mai nulla da perdere e che piuttosto che del male egli si ricorda del bene.

DORINA. Sia lodato Iddio!

MADAMA PERNELLA. Ora respiro!

ELMIRA. Esito insperato.

MARIANNA. Chi l'avrebbe mai detto?

ORGONE (*a Tartufo condotto via dall'Ufficiale*). Eccoti lì, traditore!

Scena VIII

MADAMA PERNELLA, ORGONE, ELMIRA, MARIANNA, CLEANTE,
VALERIO, DAMIDE, DORINA

CLEANTE. Oh, fratello, lasciate: non abbassatevi al suo livel-
lo! Lasciate quel miserabile al suo destino e non aggiun-
gete i vostri rimproveri al rimorso che l'opprime. Augu-
ratevi piuttosto che il suo cuore oggi si ravveda, infine,
sotto questo colpo; ch'egli si penta della sua vita, odiando
i suoi trascorsi, e possa così addolcire la giustizia del gran
Re. E voi andate invece davanti a lui, in ginocchio, a
ringraziarlo di questo favore così grande.

ORGONE. Sì, proprio; ben detto. Andiamo a buttarci ai suoi
piedi con gioia e a ringraziarlo della bontà di cui egli
vuole onorarci. E poi, compiuto così questo primo dovere, penseremo anche a compierne un altro non meno
dolce: e a ricompensare col matrimonio Valerio di questo suo amore così generoso e sincero.

IL MALATO IMMAGINARIO

Commedia-balletto in tre atti

Il *Malato immaginario* fu rappresentato la prima volta il 10 febbraio 1673. La commedia ebbe gran successo, per i sette giorni che durò la rappresentazione; essa s'interruppe, com'è noto, per la morte di Molière. Il 17 febbraio egli stava più male del solito, ma non volle assolutamente sospendere la recita. Poté recitare fino alla fine, ma nel pronunciare il «*Juro*» dell'ultima scena fu colto, si dice, da convulsioni. Val la spesa, a questo proposito, di riferire testualmente il racconto di Grimarest, autore che non è di solito stimato molto veridico, ma che presenta in questo punto un grande accento di verità.

«Quando la commedia fu terminata egli si vestì della sua veste da camera e andò nella loggia di Baron, e gli chiese che cosa si diceva della sua commedia. Baron gli rispose che le sue opere avevano sempre tutto da guadagnare a essere esaminate davvicino, e che, più le si rappresentava, più venivano gustate. "Ma" soggiunse "mi pare che voi stiate più male di poco fa." "È vero." gli rispose Molière "ho un freddo da morire." Baron, avendogli toccato le mani, che trovò di ghiaccio, gliele coprì per riscaldargliele: mandò a cercare i portatori per ricondurlo senz'altro a casa sua, e seguì la portantina, per paura che non gli capitasse nessun accidente, dal Palais Royal fino alla via Richelieu dove egli stava di casa. Quando fu nella sua camera, Baron volle fargli prendere del brodo, di cui la moglie aveva sempre seco una certa quantità per sé, poiché essa aveva grandissima cura della sua persona. "Oh no," diss'egli "i brodi di mia moglie sono troppo forti per me! Sapete bene quanti ingredienti essa ci fa mettere: datemi piuttosto un pezzetto di formaggio parmigiano." La Forest gliene portò, egli lo prese con un po' di pane, e poi si fece mettere a letto. Vi era appena entrato che mandò a chiedere a sua moglie un cuscino pieno d'una certa droga che ella gli aveva promesso per poter dormire. "Tutto quello che non entra nel corpo" diss'egli "io lo uso volentieri; ma i rimedi che bisogna mandar giù mi fanno paura: non ci vorrebbe altro per farmi perdere quel poco di vita che mi resta." Un istante dopo gli venne una tosse fortissima, e avendo sputato, chiese il lume. "Ecco," disse "qualcosa di nuovo." Baron, visto il sangue che egli aveva rigettato, uscì in esclamazioni di spavento. "Non impressionatevi," gli disse Molière "me ne avete visto rimettere ben di più. Però," aggiunse "andate a dire a mia moglie che venga su." Egli rimase assistito da due suore, di quelle che vengono di solito a Parigi a elemosinare durante la quaresima, e alle quali egli dava ospitalità. Esse gli prestarono in quel supremo istante della sua vita tutto il soccorso religioso che gli poteva venire dalla loro carità, ed egli mostrò loro in tutto i sentimenti di un buon cristiano, e tutta la rassegnazione che egli doveva alla volontà del Signore. Infine egli rese l'anima tra le braccia di quelle due buone suore: il sangue che gli usciva copiosamente dalla bocca lo soffocò. Così quando sua moglie e Baron risalirono, lo trovarono morto.»

M.B.

PERSONAGGI

ARGANTE, malato immaginario.

BELINDA, seconda moglie di Argante.

ANGELICA, figlia di Argante, che ama Cleante.

LUIGINA, bambina, figlia di Argante e sorella di Angelica.

BERALDO, fratello di Argante.

CLEANTE, innamorato di Angelica.

Il SIGNOR DIAFOIRUS, medico.

TOMMASO DIAFOIRUS, suo figlio, pretendente di Angelica

IL SIGNOR PURGONE, medico di Argante.

IL SIGNOR FIORANTE, farmacista.

IL SIGNOR BUONAFEDE, notaio.

TONIETTA, governante.

PERSONAGGI DEL PROLOGO

FLORA.
DUE ZEFIRI, che ballano.
CLIMENE.
DAFNE.
TIRSI, innamorato di Climene, capo d'un gruppo di pastori.
DORILO, innamorato di Dafne, capo d'un altro gruppo di pastori.
PASTORI E PASTORELLE, al seguito di Tirsi, che danzano e cantano.
PASTORI E PASTORELLE, al seguito di Dorilo, che danzano e cantano.
PAN.
FAUNI, che danzano.

PERSONAGGI DEGLI INTERMEZZI

Dopo il I atto.
PULCINELLA.
UNA VECCHIA.
VIOLINI.
ARCIERI, che cantano e danzano.

Dopo il II atto.
QUATTRO ZINGARE, che cantano.
ZINGARI E ZINGARE, che cantano e danzano.

Dopo il III atto.
TAPPEZZIERI, che danzano.
IL PRESIDE della Facoltà di medicina.
DOTTORI.
ARGANTE, baccelliere.
FARMACISTI, con mortai e pestelli.
PORTATORI DI SIRINGHE.
CHIRURGHI.

La scena è a Parigi.

PROLOGO

Dopo le gloriose fatiche e le vittoriose imprese del nostro augusto Sovrano, è troppo giusto che tutti quelli che fan professione di scrivere lavorino a lodarlo o a divertirlo. È quello che qui si vuol fare; e questo prologo è un tentativo di lodare questo gran Principe, prima di cominciare la commedia del *Malato immaginario*, opera scritta per divertirlo e distrarlo dalle sue nobili fatiche.

La scena rappresenta un luogo campestre, assai gradevole.

EGLOGA MUSICATA E BALLATA

Scena I

FLORA, DUE ZEFIRI *che ballano*

FLORA.   Lasciate i vostri greggi,
              Pastori e pastorelle,
     E sotto gli olmi qua tutti accorrete.
     Io vengo nunzia di liete novelle
     A rallegrare i monti il bosco e il piano.
              Lasciate i vostri greggi,
              Pastori e pastorelle,
              E sotto gli olmi qua tutti accorrete.

Scena II

FLORA, DUE ZEFIRI *che danzano*, CLIMENE,
DAFNE, TIRSI, DORILO

CLIMENE (*a Tirsi*) e DAFNE (*a Dorilo*).
       Pastor, lascia gli amori,
       E vien, ché Flora chiama.
TIRSI (*a Climene*) e DORILO (*a Dafne*).
       Dimmi, crudele, almeno.
TIRSI. Se con benigno cor tu m'odi e ascolti.
DORILO. Se alfin ti smoverà il mio lungo amore.
CLIMENE e DAFNE. Vieni, ché Flora chiama.
TIRSI e DORILO. Una sola parola, un cenno solo!
TIRSI. Dovrò morir, languendo senza fine?
DORILO. Senza speranza amar dovrò, per sempre?
CLIMENE e DAFNE. Vieni, ché Flora chiama.

Scena III

FLORA, DUE ZEFIRI *che ballano*, CLIMENE, DAFNE, TIRSI,
DORILO, PASTORI e PASTORELLE, *del seguito di* TIRSI e
DORILO, *che danzano e cantano*.

Entrata del balletto

Tutti i pastori e le pastorelle si dispongono in cadenza attorno a Flora.

CLIMENE. Qual mai lieta novella,
  O dea, ci porti per la nostra gioia?
DAFNE. Tutti siam qui impazienti.
DORILO. Tutti fremiam di udirle.
CLIMENE e DAFNE, TIRSI e DORILO. Bruciam di desiderio.
  Il nostro cuore anela.
FLORA.   Eccole, udite! udite!
       Pieno è il nostro desir, riede LUIGI,
       Gioia e allegrezza egli con sé riporta,

Ogni vostro timore egli dissipa;
Torna, trionfator d'ogni contrada,
Il suo valor che non ha più nemici.

CORO.   O liete novelle!
               O splendide, o belle!
               O feste, o canti, o risa!
               O danze di gioia!
Ciel quai trionfi, e quanto
Colmi i nostri desiri.
               O liete novelle!
               O splendide, o belle!

Entrata del balletto

Tutti i pastori e le pastorelle esprimono con danze il loro trasporto di gioia.

FLORA.   Delle vostre zampogne
            Ritrovate i concenti,
            LUIGI ai vostri accenti
            Fama ed onor darà.

            Dopo che in cento pugne
            Trionfò il suo valor
            Voi pur di liete pugne
            Inebriate il cor;
            E tutti in lieta gara
            Cantate il suo valor!

CORO.   E tutti in lieta gara
            Cantiamo il suo valor!

FLORA.   Il dolce amico mio
            Giovinetto, nei boschi
            Appresta dal mio regno
            Un degno premio a chi meglio dirà
            La gloria, le virtù, l'alto valore
            Del più augusto dei re.

CLIMENE. Se Tirsi avrà la palma,

DAFNE. Se Dorilo trionfa,

CLIMENE. Io gli vo' donar l'alma.

DAFNE. Io cederò al suo ardor.

TIRSI. Speranza troppo cara!

DORILO. Troppo dolci parole!

TIRSI e DORILO. Miglior soggetto e miglior premio al canto
   Mai ti potranno inebriar, mio cuore.

*I violini suonano un'arietta per animare i due pastori alla tenzone,
mentre Flora come giudice si pone ai piedi di un bell'albero, che è in
mezzo alla scena con i due Zefiri, e tutti gli altri, come spettatori, si
dispongono sui lati della scena.*

TIRSI.   Quando la neve, liquida,
            Gonfia il famoso fiume
            Che corre giù precipite
            Tra ribollenti spume,

            All'urto irresistibile
            Cedon città e castelli,
            E dighe, e boschi, e uomini,
            Tutto ei schianta e divelle,

            Tale, e ancor più terribile,
            Tra simili prodigi,
            Corre nelle battaglie il fier LUIGI.

Entrata del balletto

*I pastori e le pastorelle di Tirsi danzano attorno a lui, su un ritornello
per esprimere il loro plauso.*

DORILO.   La minacciosa folgore
            Spesso lacera e infiamma
            Le nubi, ed i più intrepidi
            Rende tremanti e imbelli,

            Tale, e ancor più terribile,

Terror degli inimici
In capo ai suoi s'avanza il re LUIGI.

Entrata del balletto

I pastori e le pastorelle di Dorilo eseguono come sopra.

TIRSI.   La gloria inestinguibile
                Di favolose imprese
                Che i Greci già cantarono
                Oscurarsi vediamo.

                I semidei più illustri
                Meno gloriosi appaiono
                Agli occhi nostri attoniti
                Del nome di LUIGI.

Entrata del balletto

I pastori e le pastorelle di Tirsi eseguono ancora come sopra.

DORILO.   I fatti più mirabili
                Delle favole antiche
                Rende certi e credibili
                Coi fatti suoi LUIGI.

                Ma certo presso i posteri
                Mancheran fatti degni
                Che rendano credibili
                Le gesta sue gloriose.

Entrata del balletto

I pastori e le pastorelle di Dorilo eseguono ancora come sopra.

Entrata del balletto

I pastori e le pastorelle di Tirsi e di Dorilo si mescolano e danzano insieme.

Scena IV

FLORA, PAN, DUE ZEFIRI *che danzano,* CLIMENE, DAFNE, TIRSI,
DORILO, FAUNI, *che danzano,* PASTORI *e* PASTORELLE,
che cantano e danzano.

PAN.   Ohimè! pastori quale folle audacia!
Quale temerità! Cantare osate
Sulle rudi zampogne quel che Apollo
Della sua lira coi più dolci suoni
Teme cantar?

La fiamma che v'ispira
Troppo vi brucia, al ciel tentate invano
Salir con ali deboli e tremanti,
Il sol vi punirà del vostro ardire.

Per cantar re LUIGI e il suo gran cuore
Dotte voce non basta, e le parole
Più illustri nulla son per la sua gloria:
Solo in silenzio i fatti suoi si lodano:
D'altre cure onorar la sua vittoria
Cercate, e ai suoi piacer vi consacrate.

CORO.   D'altre cure onorar la sua vittoria
Cerchiamo, e ai suoi piacer ci consacriamo.

FLORA *(a Tirsi e a Dorilo).*
Benché per onorar la sua grandezza
Manchin troppe virtù nel vostro ingegno,
Degno premio egualmente a voi concedo.
In sì nobile impresa
Vi basti aver tentato.

Entrata del balletto

I due Zefiri danzano con due corone di fiori nelle mani, che vengono poi ad imporre ai due pastori.

CLIMENE e DAFNE. (*dando la mano ai loro innamorati*).
> In sì nobile impresa
> Vi basti aver tentato.

TIRSI e DORILO. Deh, qual premio corona il nostro ardire!

FLORA e PAN. Quel che si fa pel Re mai non si perde.

CLIMENE, DAFNE, TIRSI, DORILO. Ai suoi piacer ci consacriamo omai.

FLORA e PAN. Felice chi gli dedica la vita!

CORO.
> Uniamo nei boschi
> I flauti e le voci,
> Tal giorno c'invita.
> E gli echi percossi ripetano:
> LUIGI è il più grande dei Re.
>
> Felice chi gli dedica la vita!

Entrata del balletto

Fauni, pastori e pastorelle, tutti si confondono e conducono una danza: dopo di che vanno a prepararsi per la commedia.

ALTRO PROLOGO

La scena rappresenta una foresta.

UNA PASTORELLA (*cantando*).

> La vostra scienza è solo una chimera,
> Vani e folli dottori;
> Voi col vostro latin neppur potete
> Lenire i miei dolori;
> La vostra scienza è solo una chimera.
>
> Povera me, che palesar non oso
> Il mio crudo martiro
> A quel per cui sospiro,
> Che sol mi può dar vita;
> Non pretendete aita
> Darmi, o poveri medici ignoranti:
> La vostra scienza è solo una chimera.
>
> I vostri incerti farmachi che il volgo
> Crede sappiate usar con tanto senno
> Il mio dolor non valgono a lenire:
> E dar potete il vostro ricettario
> Soltanto ad un MALATO IMMAGINARIO.
>
> La vostra scienza è solo una chimera, ecc.

ATTO PRIMO

La scena rappresenta una camera.

Scena I

ARGANTE (*solo nella sua camera, seduto a un tavolino, conteggia con dei gettoni la fattura del suo farmacista e dice tra sé e sé*). Tre e due, cinque, e cinque dieci, e dieci venti; tre e due cinque. «Più, il ventiquattro del mese, un piccolo clistere insinuativo, preparativo ed emolliente, per ammollire, umettare e rinfrescare le viscere del signore.» Quel che mi piace del signor Fiorante, il mio apotecario, è che le sue fatture sono sempre molto gentili: «...le viscere del signore, trenta soldi». Sì, ma, signor Fiorante, non basta esser gentili, bisogna essere anche ragionevoli e non scorticare i malati. Trenta soldi un lavativo! Servitor vostro, ve l'ho già detto: nelle altre fatture me li avete segnati soltanto venti soldi; e venti soldi, in lingua di farmacista, vuol dire dieci soldi. Eccoli: dieci soldi. «Più, nel detto giorno, un buon clistere detersivo, composto con cattolico doppio, rabarbaro, miele rosato e altro, secondo la ricetta, per spazzare, lavare e nettare il basso ventre del signore, trenta soldi». Col vostro permesso: dieci soldi. «Più, nel detto giorno, la sera, uno sciroppo epatico, soporifero e sonnifero, composto per far dormire il signore, trentacinque soldi.» Di questo non mi lamento; perché mi ha fatto dormir bene. Dieci, quindici, sedici, diciassette soldi e sei denari. «Più, il venticinque, una buona medicina purgativa e corroborante, composta di cassia fresca, con senna levantina e altro, secondo la ricetta del dottor Purgone, per espellere ed evacuare la bile del signore, quattro lire.» Ah! signor Fiorante, voi scherzate: contentatevi di vivere sui malati; il signor Purgone non vi ha mica ordinato di mettere quattro lire. Facciamo, facciamo tre lire, se volete. Venti, trenta soldi. «Più, nel detto giorno, una pozione anodina e astringente, per fare riposare il signore, trenta soldi.» Bene: dieci, quindici soldi. «Più, il ventisei, un clistere carminativo, per scacciare le ventosità del signore, trenta soldi.» Dieci soldi, signor Fiorante. «Più, il clistere del signore ripetuto, la sera, come sopra, trenta soldi.» Signor Fiorante: dieci soldi. «Più, il ventisette, una buona medicina, composta per accelerare ed espellere gli umori del signore, tre lire.» Bene: venti, trenta soldi; sono proprio contento che siate ragionevole. «Più, il ventotto, una dose di siero chiarificato e dolcificato, per addolcire, lenire, temperare e rinfrescare il sangue del signore, venti soldi.» Bene: dieci soldi. «Più, una pozione cordiale e preservativa, composta con dodici grani di belzuar, sciroppo di limone e melograno e altro, secondo la ricetta, cinque lire.» Ah! signor Fiorante, adagio, adagio, per favore! Se trattate così, non si potrà più essere malati; contentatevi di quattro lire: venti, quaranta soldi. Tre e due cinque, e cinque dieci, e dieci venti. Sessantatré lire, quattro soldi e sei denari. Dunque, in questo mese, io ho preso: una, due, tre, quattro, cinque, sei, sette e otto medicine; e uno, due, tre, quattro, cinque, sei, sette, otto, nove, dieci, undici e dodici lavativi; e l'altro mese, c'erano dodici medicine e venti lavativi. Non mi meraviglio se non sto più così bene, questo mese, come l'altro. Lo dirò al signor Purgone, che ci pensi un po' lui. Su, portate via questa roba. Non c'è nessuno. Ho un bel dire: mi lasciano sempre solo. Non c'è mezzo di farli star qui. (*Dopo aver suonato con un campanello per chiamare i suoi.*) Non mi sentono: questo campanello non suona abbastanza forte. (*Dirlin, dirlin, dirlin.*) Niente da fare. (*Dirlin, dirlin, dirlin.*) Sono sordi... Tonietta! (*Dirlin, dirlin, dirlin.*) Come se non suonassi nemmeno. Cagna, cretina! (*Dirlin, dirlin, dirlin.*) Io scoppio! (*Non suona più, ma grida.*) Dirlin, dirlin, dirlin! Carogna, va' al diavolo! È mai possibile lasciar qui così un povero malato, da solo? Dirlin, dirlin, dirlin! Roba da far piangere. Dirlin, dirlin, dirlin! Ah! Dio! Mi lasceranno crepar qui. Dirlin, dirlin, dirlin!

Scena II

ARGANTE, TONIETTA

TONIETTA (*entrando*). Vengo, vengo.

ARGANTE. Ah! cagna! Ah! carogna!

TONIETTA (*facendo finta di aver battuto la testa*). Al diavolo la vostra impazienza! Fate tanta furia alla gente, che ho battuto la testa contro una porta.

ARGANTE (*fuori di sé*). Ah, traditora!...

TONIETTA. Ahi! ahi!

ARGANTE. Sarà...

TONIETTA. Ahi!

ARGANTE. Sarà un'ora...

TONIETTA. Ahi!

ARGANTE. Tu m'hai lasciato...

TONIETTA. Ahi!

ARGANTE. Taci dunque, sfacciata, che ti sgrido!

TONIETTA. Sì, è proprio il caso, con quel che mi son fatta!

ARGANTE. M'hai fatto sgolare, carogna!

TONIETTA. E voi m'avete fatto rompere la testa: l'uno val l'altro. Pari e patta, se credete.

ARGANTE. Come? Sfacciata...

TONIETTA. Se voi gridate, io piango.

ARGANTE. Lasciarmi qui, traditora...

TONIETTA (*interrompendolo ancora*). Ahi!

ARGANTE. Carogna! E tu pretendi...

TONIETTA. Ahi!

ARGANTE. Ma come! Non avrò neanche la soddisfazione di sgridarti?

TONIETTA. Gridate fin che volete, io vi lascio fare.

ARGANTE. No, che non mi lasci, cagna, se m'interrompi a ogni parola!

TONIETTA. Se voi avete la soddisfazione di gridare, avrò bene la soddisfazione di piangere. A ciascuno il suo, è troppo giusto. Ahi! ahi!

ARGANTE. E va bene. Bisognerà sopportare. Tirami via questo, sfacciata. Tirami via 'sta roba. (*Alzandosi*) Il mio clistere di quest'oggi ha avuto effetto?

TONIETTA. Il vostro clistere?

ARGANTE. Sì. Ho fatto molta bile?

TONIETTA. Giusto! Io non mi occupo di certe faccende; è il signor Fiorante che ci deve mettere il naso: è lui che ci guadagna.

ARGANTE. Vedi di tenermi dell'acqua calda pronta, per quell'altro che dovrò prendere adesso.

TONIETTA. Quel signor Fiorante e quel signor Purgone si divertono alle vostre spalle: hanno una buona vacca da mungere, e mi piacerebbe proprio domandargli che male avete, da fare tante ricette.

ARGANTE. Silenzio, ignorante! Non sta a te controllare gli ordinamenti della medicina. Fai venire mia figlia Angelica: ho da parlarle.

TONIETTA. Eccola che vien da sola: ha indovinato la vostra idea.

Scena III

ARGANTE, ANGELICA, TONIETTA

ARGANTE. Vieni qui, Angelica: capiti a proposito, volevo parlarti.

ANGELICA. Eccomi qui a sentirvi.

ARGANTE. Aspetta. (*A Tonietta*) Dammi il bastone. Torno subito.

TONIETTA. Andate, andate presto. Il signor Fiorante vi dà da fare!

Scena IV

ANGELICA (*guardandola con occhi languidi, parla in tono confidenziale*). Tonietta!

TONIETTA. Eh!

ANGELICA. Guardami un po' negli occhi.

TONIETTA. Bene, vi guardo.

ANGELICA. Tonietta!

TONIETTA. «Tonietta», cosa?

ANGELICA. Non indovini di cosa ti voglio parlare?

TONIETTA. Sì, lo sospetto: del vostro innamorato. È lui, da sei giorni, il centro di tutti i nostri discorsi; e voi non state bene se non ne parlate continuamente.

ANGELICA. E se lo sai, perché non me ne parli tu per prima? E non mi risparmi la pena di tirarti sul discorso?

TONIETTA. Ma se non me ne date il tempo! Ci mettete tanto impegno che è impossibile prevenirvi.

ANGELICA. Ti confesso che non potrei stancarmi di parlarti di lui, e che il mio cuore approfitta con trasporto di tutti gli istanti per aprirsi a te. Ma, dimmi, tu forse disapprovi, Tonietta, i sentimenti che ho per lui?

TONIETTA. Me ne guardo bene.

ANGELICA. Ho torto di abbandonarmi a questi dolci pensieri?

TONIETTA. Oh, non dico questo.

ANGELICA. Vorresti forse che io fossi insensibile alle tenere proteste di questa ardente passione ch'egli testimonia per me?

TONIETTA. Dio non voglia!

ANGELICA. Dimmi un po': non ci trovi anche tu, come me, qualche influenza del Cielo, o la mano del destino, nell'avventura inaspettata del nostro incontro?

TONIETTA. Sì.

ANGELICA. Non trovi che prendere le mie difese, senza conoscermi, sia proprio da gentiluomo?

TONIETTA. Sì.

ANGELICA. E che non si poteva agire più generosamente?

TONIETTA. D'accordo.

ANGELICA. E che egli si è comportato in tutto con gentilezza squisita?

TONIETTA. Oh, sì!

ANGELICA. E non trovi, Tonietta, ch'egli è bello e ben fatto?

TONIETTA. Sicuramente.

ANGELICA. Ch'egli ha il più bel fare che si possa vedere?

TONIETTA. Senza dubbio.

ANGELICA. Che tutti i suoi discorsi, come le sue azioni, hanno un che di nobile?

TONIETTA. Sicurissimo.

ANGELICA. Che non si può trovar nulla di più appassionato di quanto egli mi dice?

TONIETTA. È vero.

ANGELICA. E che non c'è nulla di più spiacevole della schiavitù in cui mi trovo, che mi priva del tutto delle dolci premure di questo reciproco ardore che il Cielo c'ispira?

TONIETTA. Avete ragione.

ANGELICA. Ma, mia povera Tonietta, credi che mi ami proprio quanto mi dice?

TONIETTA. Eh, eh! Queste cose bisogna prenderle sempre un po' con beneficio d'inventario. Le smorfie d'amore assomigliano molto alla verità; e io ne ho già visti di commedianti, in questo genere.

ANGELICA. Oh, Tonietta, che dici mai? Mio Dio! Con tutto quello che mi dice, sarebbe possibile che non fosse sincero?

TONIETTA. In ogni modo farete presto ad assicurarvi; e la decisione ch'egli vi scrisse ieri di farvi chiedere in moglie è la più certa via per farvi sapere se dice la verità o no. Sarà la miglior prova.

ANGELICA. Tonietta, se lui m'inganna, non potrò più credere a nessun uomo, in vita mia!

TONIETTA. Ecco vostro padre che ritorna.

Scena V

ARGANTE (*si rimette a sedere*). Dunque, dunque, figlia mia, ti
darò una notizia che forse non ti aspettavi. Mi chiedono
la tua mano. Come mai? Ridi? Ti piace l'idea del «matrimonio»! Non c'è nulla di più piacevole per le giovinette.
Ah, natura, natura! A quel ch'io vedo, figlia mia, non ho
bisogno di domandarti se tu vuoi proprio sposarti.

ANGELICA. Io farò, padre mio, tutto quello che vi piacerà.

ARGANTE. Sono proprio contento di avere una figlia così
obbediente. Dunque, la cosa è fatta: io ti ho promessa.

ANGELICA. È dover mio, papà, seguire ciecamente tutti i
vostri voleri.

ARGANTE. Mia moglie, la vostra matrigna, voleva che vi
facessi monache, te e la tua sorella Luigina, e per lungo
tempo s'è attaccata a quest'idea.

TONIETTA (*a parte*). Quel bel tipo ha le sue ragioni!

ARGANTE. Lei non voleva sentir parlare di questo matrimonio: ma l'ho vinta io e la mia parola è data.

ANGELICA. Oh! Padre mio, come sono commossa della
vostra bontà!

TONIETTA. In verità anch'io sono proprio contenta; è certo
l'azione più savia che abbiate mai fatto nella vostra
vita.

ARGANTE. Io non ho ancora visto la persona in questione:
ma mi hanno detto che ne sarò contento, e tu anche.

ANGELICA. Certamente, papà.

ARGANTE. Come, l'hai forse visto?

ANGELICA. Poiché il vostro consenso mi autorizza ad apri-
vi il mio cuore, io non vi nasconderò che il caso ci ha
fatto conoscere sei giorni fa, e che questa domanda è la
conseguenza della simpatia che, fin da quel primo giorno, noi abbiamo sentito l'un per l'altro.

ARGANTE. Questo non me l'hanno detto; ma ne sono contentissimo. Se la cosa è così, tanto meglio! Dicono che è
un bel giovinotto alto e ben fatto.

ANGELICA. Sì, papà.

ARGANTE. Una bella figura.

ANGELICA. Senza dubbio.

ARGANTE. Simpatico all'aspetto.

ANGELICA. Certamente.

ARGANTE. Una fisonomia aperta.

ANGELICA. Apertissima.

ARGANTE. Savio e bennato.

ANGELICA. Proprio così.

ARGANTE. Bene educato.

ANGELICA. Educatissimo.

ARGANTE. Che parla greco e latino.

ANGELICA. Questo poi io non lo so.

ARGANTE. E che sarà dottore fra tre giorni.

ANGELICA. Lui, papà?

ARGANTE. Sì. Non te l'ha detto, forse?

ANGELICA. No, no davvero. E a voi chi ve l'ha detto?

ARGANTE. Il dottor Purgone.

ANGELICA. Perché il dottor Purgone lo conosce?

ARGANTE. Bella domanda! Per forza lo conosce, se è suo
nipote!

ANGELICA. Cleante, nipote del dottor Purgone?

ARGANTE. Chi Cleante? Noi parliamo di quello che t'ha
chiesto in sposa.

ANGELICA. Ebbene...

ARGANTE. Ebbene, è il nipote del dottor Purgone, cioè il
figlio di suo cognato dottore, il signor Diafoirus; e questo
figlio si chiama Tommaso Diafoirus, e non Cleante; e noi
abbiamo concluso questo matrimonio stamattina, il dottor Purgone, il signor Fiorante ed io; e domattina il mio
futuro genero sarà condotto qui da suo padre. Che c'è?
Sei lì come intontita!

ANGELICA. Papà, mi accorgo che voi avete parlato di una
persona ed io intendevo di un'altra.

TONIETTA. Come, signore, e voi avreste questo progetto da
commedia? E, ricco come siete voi, vorreste maritare
vostra figlia con un medico?

ARGANTE. Sì. E che c'entri tu, sciocca, sfacciata che non sei altro?

TONIETTA. Mio Dio! Calma, calma. Voi venite subito alle ingiurie. Non si può proprio parlare senza arrabbiarsi? Là, parliamo a sangue freddo. Che ragioni avete, vi prego, per fare questo matrimonio?

ARGANTE. La mia ragione è che, vedendomi infermo e malato come sono, voglio farmi un genero e dei parenti dottori: per munirmi di buone difese contro la mia malattia, avere nella mia famiglia la sorgente dei rimedi che mi sono indispensabili, consulti e ordinazioni.

TONIETTA. Oh là, ecco una ragione! Fa piacere parlarsi così con calma, uno con l'altro. Ma, signore, mettetevi la mano sulla coscienza: siete proprio malato?

ARGANTE. Come, stupida? Se io sono malato! Se sono malato, sfacciata?

TONIETTA. E va bene: voi siete malato; non litighiamo per questo. Sì, voi siete molto malato, siamo d'accordo, più malato di quanto credete! Ecco fatto. Ma vostra figlia deve sposare un marito per sé; e non essendo per nulla malata, lei, non è affatto necessario che sposi un medico.

ARGANTE. È per me che le faccio sposare un medico, e una figlia di buon carattere deve essere felice di sposare uno che sia utile alla salute di suo padre.

TONIETTA. Sentite, signore, volete che vi dia un consiglio da amica?

ARGANTE. Sentiamo questo consiglio.

TONIETTA. Di non pensar più a questo matrimonio.

ARGANTE. E la ragione?

TONIETTA. La ragione, che vostra figlia non acconsentirà mai.

ARGANTE. Non acconsentirà mai?

TONIETTA. No.

ARGANTE. Mia figlia?

TONIETTA. Sì, vostra figlia. Vi dirà che non sa che farsi del signor Diafoirus, di suo figlio Tommaso Diafoirus e di tutti i Diafoirus del mondo.

ARGANTE. So ben che farmene io! Oltre al fatto che il partito è più vantaggioso di quel che si crede. Il signor Diafoirus ha quel solo figliolo per erede, e per di più il signor Purgone, che non ha moglie né figli, gli lascerà tutta la sua sostanza per questo matrimonio; e il signor Purgone è un uomo che ha le sue ottomila lire di rendita.

TONIETTA. Deve aver ammazzato tanta gente, per essersi fatto così ricco!

ARGANTE. Ottomila lire di rendita sono qualcosa! Senza contare i beni del padre.

TONIETTA. Signore, tutto questo andrà benissimo; ma io torno sempre lì: vi consiglio, in confidenza, di trovarle un altro marito. Angelica non è fatta per essere la signora Diafoirus.

ARGANTE. E io invece voglio che lo sia.

TONIETTA. Via! Non lo dite nemmeno!

ARGANTE. Come! Non lo devo dire?

TONIETTA. Oh, no!

ARGANTE. E perché non lo devo dire?

TONIETTA. Diranno che non sapete quello che dite.

ARGANTE. Diranno quello che vogliono; ma io vi dico che voglio che essa mantenga la parola che ho dato.

TONIETTA. No; sono sicura che non lo farà.

ARGANTE. La obbligherò ben io!

TONIETTA. Non lo farà, vi dico.

ARGANTE. Lo farà, o io la metterò in un convento.

TONIETTA. Voi?

ARGANTE. Io.

TONIETTA. Bello.

ARGANTE. Come: bello?

TONIETTA. Voi non la metterete in convento.

ARGANTE. Io non la metterò in convento?

TONIETTA. No.

ARGANTE. No?

TONIETTA. No.

ARGANTE. Questa sì che è bella! Io non metterò mia figlia in convento, se ho voglia?

TONIETTA. No, vi dico.

ARGANTE. E chi me lo impedirà?

TONIETTA. Voi stesso.

ARGANTE. Io?

TONIETTA. Sì. Voi non avrete il cuore di farlo.

ARGANTE. Io l'avrò.

TONIETTA. Voi scherzate.

ARGANTE. Io non scherzo per nulla.

TONIETTA. L'amor paterno vi vincerà.

ARGANTE. Non mi vincerà proprio niente.

TONIETTA. Due lacrimucce, le braccia al collo, un «papalino mio tanto caro», con tenerezza, basteranno per vincervi.

ARGANTE. Nient'affatto, dico!

TONIETTA. Sì, sì.

ARGANTE. Vi dico che non cederò.

TONIETTA. Storie!

ARGANTE. Non basta dire: storie!

TONIETTA. Dio mio, vi conosco, voi siete buono per natura.

ARGANTE (con rabbia). Io non sono buono per nulla, e so esser cattivo quando voglio!

TONIETTA. Piano, signore. Voi non pensate che siete malato.

ARGANTE. Io le comando assolutamente di prepararsi a prendere il marito che ho detto.

TONIETTA. E io le proibisco assolutamente di farne nulla.

ARGANTE. Ma dove siamo? Che audacia è questa? Una sfacciata di serva parlar così davanti al suo padrone!

TONIETTA. Quando un padrone non sa quel che si dice, una serva di buon senso ha il diritto di correggerlo.

ARGANTE (inseguendo Tonietta). Ah! Insolente! Bisogna che t'accoppi!

TONIETTA (evitando Argante e mettendo una sedia tra sé e lui). Il mio dovere è di oppormi a quello che vi può disonorare.

ARGANTE (furibondo, insegue Tonietta attorno alla sedia col bastone). Vieni, vieni, che t'insegno io a parlare!

TONIETTA (*fuggendo dall'altra parte e così salvandosi*). Io m'interesso, com'è mio dovere, a non lasciarvi fare delle sciocchezze.

ARGANTE. Cagna!

TONIETTA. No, non consentirò mai a questo matrimonio!

ARGANTE. Sfrontata!

TONIETTA. Io non voglio che sposi il vostro Diafoirus.

ARGANTE. Carogna!

TONIETTA. E lei obbedirà più a me che a voi!

ARGANTE. Angelica, non vuoi fermarmi quella vipera?

ANGELICA. Oh! Papà, non fatevi venir male.

ARGANTE. Se non la fermi, io ti maledico!

TONIETTA (*andandosene*). E io, se vi obbedisce, la disèredo!

ARGANTE (*buttandosi sulla sua sedia*). Ah! Ah! Non ne posso più! Roba da farmi morire!

Scena VI

BELINDA, ARGANTE

ARGANTE. Ah, moglie mia, venite!

BELINDA. Cos'avete, povero maritino?

ARGANTE. Venite, venite qui ad aiutarmi.

BELINDA. Che c'è dunque, piccolo mio?

ARGANTE. Oh, gioia mia!

BELINDA. Caro, caro!

ARGANTE. Mi hanno fatto arrabbiare.

BELINDA. Ohimè! povero maritino mio! E come, dunque, caro?

ARGANTE. Quella sfacciata della vostra Tonietta è diventata più insolente che mai.

BELINDA. Oh! non pigliatevela per questo!

ARGANTE. Mi ha proprio fatto arrabbiare, mia cara.

BELINDA. Calma, piccolo mio!

ARGANTE. Ha contraddetto per più d'un'ora tutti i miei progetti.

BELINDA. Su, buono, buono!

ARGANTE. Ha avuto la sfacciataggine di dirmi che io non sono malato.

BELINDA. È un'impertinente!

ARGANTE. Voi lo sapete, cuor mio, se non è vero.

BELINDA. Sì, certo, amore, ha torto!

ARGANTE. Amor mio, quella sfacciata mi farà morire.

BELINDA. Eh! Là, là!

ARGANTE. È lei la causa di tutta la bile ch'io mi faccio.

BELINDA. Non prendetevela poi tanto.

ARGANTE. Non so quanto tempo è che vi dico di cacciarla via!

BELINDA. Dio mio! povero piccino!... Non ci sono servitori che non abbiano i loro difetti. Si è obbligati certe volte a sopportarne i vizi, in cambio delle buone qualità. Questa è abile, accurata, diligente e soprattutto fedele! E voi sapete quante precauzioni bisogna prendere al giorno d'oggi, per la gente che ci serve. Olà! Tonietta!

Scena VII

ARGANTE, BELINDA, TONIETTA

TONIETTA. Signora?

BELINDA. Perché dunque fai arrabbiare mio marito?

TONIETTA (*con voce melliflua*). Io, signora? Povera me! Non so quel che volete dire, io non penso che a compiacere il signore in ogni cosa.

ARGANTE. Ah! la bugiarda!

TONIETTA. Ci ha detto che voleva dare sua figlia al figlio del signor Diafoirus, io gli ho risposto che trovavo il partito assai buono per lei, ma che, secondo me, farebbe meglio a metterla in convento.

BELINDA. Ma non c'è gran male in tutto questo, e trovo che dopo tutto ha ragione.

ARGANTE. Amor mio, e voi le credete? È una scellerata: mi ha detto mille insolenze!

BELINDA. Ebbene, io vi credo, caro. Là, calmatevi! Senti, Tonietta: se tu fai arrabbiare ancora mio marito io ti caccio via. Qua, dammi il suo mantello felpato e dei cuscini, ch'io lo accomodi bene nella poltrona. Eccovi lì conciato non so come! Tiratevi il berretto sulle orecchie: non c'è nulla che predisponga tanto al raffreddore quanto il prender freddo alle orecchie.

ARGANTE. Ah, cuor mio, quanto sono commosso da tutte le cure che avete per me!

BELINDA (*accomodando i guanciali e disponendoli attorno ad Argante*). Alzatevi, che vi metto questo sotto. Ecco! Questo qui per appoggiarvi, e questo dall'altra parte. Quest'altro dietro la schiena, e questo per sostenervi la testa.

TONIETTA (*piantandogliene bruscamente uno sulla testa, scappa via*). E questo per ripararvi dall'umido!

ARGANTE (*levandosi infuriato, e tirando i cuscini a Tonietta*). Ah, vigliacca, tu mi vuoi soffocare!

Scena VIII

ARGANTE, BELINDA

BELINDA. Eh! Là, là! Che c'è dunque?

ARGANTE (*abbandonandosi sulla sedia, tutto ansimante*). Ah! Ah! Ah! Non ne posso più!

BELINDA. E perché vi arrabbiate così? Avrà creduto di far bene.

ARGANTE. Voi non sapete, amor mio, le malizie di quella sfrontata! Ah!, sono fuori di me: ci vorranno più di otto medicine e di dodici lavativi per rimettermi a posto!

BELINDA. Là, là, piccolo mio, calmatevi un poco.

ARGANTE. Amor mio, voi siete tutta la mia consolazione.

BELINDA. Povero piccolino!

ARGANTE. Per ricompensare in qualche modo l'amore che mi portate, io vorrei, cuor mio, come vi ho detto, fare il mio testamento.

BELINDA. Oh, amor mio, non parliamo di questo, vi prego: io non posso sopportare quest'idea; e la sola parola testamento mi fa soffrire.

ARGANTE. Vi avevo pur detto di parlarne al vostro notaio.

BELINDA. È di là, l'ho portato con me.

ARGANTE. Fatelo dunque entrare, amor mio!

BELINDA. Ohimè! Cuor mio, quando si ama davvero un marito, non si è capaci di pensare a certe cose!

Scena IX

IL SIGNOR BUONAFEDE, BELINDA, ARGANTE

ARGANTE. Venite, signor Buonafede, venite! Prendete una sedia, per favore. Mia moglie mi ha detto, signore, che voi siete proprio un galantuomo, e tanto suo amico; e io l'ho incaricata di parlarvi per un testamento che voglio fare.

BELINDA. Ohimè! Non mi sento proprio di parlare di certe cose!

IL SIGNOR BUONAFEDE. Essa m'ha spiegato, signore, il vostro desiderio e l'intenzione che avete in suo favore; e vi posso dire, al riguardo, che voi non potrete lasciar nulla a vostra moglie col vostro testamento.

ARGANTE. Ma perché?

IL SIGNOR BUONAFEDE. La consuetudine vi si oppone. Se voi foste in un paese di leggi scritte, sarebbe possibile; ma a Parigi, e nei paesi che vanno secondo la consuetudine, almeno nella maggior parte, ciò non si può fare, la disposizione sarebbe nulla. Tutto il favore che un uomo e una donna uniti in matrimonio possono farsi l'un l'altro è un dono mutuo tra viventi: e questo, ancora quando non ci siano figli, sia dei due congiunti, sia di uno solo di essi, al momento della morte del primo soccombente.

ARGANTE. Ma è una consuetudine proprio stramba che un marito non possa lasciar nulla a una moglie da cui è teneramente amato e che ha tanta cura di lui! Vorrei consultare il mio avvocato, per vedere come potrei fare.

IL SIGNOR BUONAFEDE. Non è agli avvocati che bisogna ricorrere, che sono di solito molto severi al riguardo, e s'immaginano che sia un gran delitto disporre delle proprie sostanze malgrado la legge, e son sempre pieni di difficoltà, e ignorano i segreti delle coscienze. Ci sono ben altre persone da consultare, molto più accomodanti, che sanno degli espedienti per scivolare tra le maglie del codice e render giusto quello che non è permesso: che sanno appianare le difficoltà di un affare e trovare i mezzi di eludere la consuetudine con qualche vantaggio indiretto. Senza ciò, a che punto ci troveremmo a ogni momento? Bisogna essere accomodanti, nelle cose: altrimenti non faremmo mai nulla, e io non darei due soldi per il nostro mestiere.

ARGANTE. Mia moglie mi aveva ben detto, signore, che voi eravate molto abile e proprio un uomo dabbene. Come 'posso fare, dunque, per passarle la mia sostanza e privarne i miei figli?

IL SIGNOR BUONAFEDE. Come potete fare? Potete scegliere alla chetichella un amico intimo di vostra moglie, al quale voi farete donazione, in forma legale, con testamento, di tutto quello che vorrete; e quest'amico, poi, le passerà tutto. Potete anche contrarre un gran numero di obbligazioni non sospette, a profitto di diversi creditori, che presteranno il loro nome a vostra moglie e nelle cui mani essi rilasceranno una dichiarazione che la loro opera è stata semplicemente per farle un favore. Potete anche, finché siete ancora in vita, consegnare a lei del denaro contante, o delle obbligazioni che vi trovate ad avere, pagabili al portatore.

BELINDA. Mio Dio! Non tormentatevi per questo. Se voi moriste, piccolo mio, io non vorrei più restare al mondo.

ARGANTE. Cara!

BELINDA. Sì, mio diletto, se io avessi la disgrazia di perdervi...

ARGANTE. Moglie mia adorata!

BELINDA. La vita non varrà più nulla per me.

ARGANTE. Oh, amor mio!

BELINDA. E io seguirò il vostro destino, dimostrando così tutto l'amore che ho per voi.

ARGANTE. Amor mio, voi mi spezzate il cuore! Consolatevi, vi prego.

IL SIGNOR BUONAFEDE (*a Belinda*). Queste lacrime son fuori stagione, e non siamo ancora a tal punto, per fortuna.

BELINDA. Ah signore! Voi non sapete cosa vuol dire amare così teneramente un marito!

ARGANTE. Il mio più gran dolore, se muoio, amor mio, sarà di non aver avuto un figlio da voi. Il dottor Purgone mi aveva pur detto che me ne avrebbe fatto far uno.

IL SIGNOR BUONAFEDE. Potrebbe capitar benissimo ancora.

ARGANTE. Bisogna che io faccia testamento, amor mio, così come dice il signore; ma intanto, per precauzione, voglio cominciare a mettere in vostra mano le ventimila lire in oro che ho in un certo nascondiglio dell'alcova e due obbligazioni al portatore, che mi hanno rilasciato il signor Damone e il signor Gerante.

BELINDA. No, no, non voglio neppure sentirne parlare. Oh!... Quanto dite che c'è nell'alcova?

ARGANTE. Ventimila lire, amor mio.

BELINDA. Non parlatemi d'interessi, per carità. Oh!... Di quanto sono le obbligazioni?

ARGANTE. Una di quattromila, cuor mio, e l'altra di sei.

BELINDA. Tutte le ricchezze del mondo, amore, non sono nulla, al prezzo della vostra vita.

IL SIGNOR BUONAFEDE (*ad Argante*). Volete che procediamo al testamento?

ARGANTE. Sì, benissimo; ma staremo meglio nel mio studio. Amore, datemi il braccio, per piacere.

BELINDA. Andiamo, povero cuor mio!

Scena X

ANGELICA, TONIETTA

TONIETTA. Eccoli con un notaio, e ho sentito parlare di testamento. La vostra matrigna non dorme e tirerà senza dubbio vostro padre in qualche pasticcio contro i vostri interessi.

ANGELICA. Disponga pure dei suoi denari come gli piace, purché non voglia disporre del mio cuore. Tu vedi bene, Tonietta, la violenza che mi si vuol fare. Non abbandonarmi, per carità, in questa disperazione!

TONIETTA. Io abbandonarvi? Piuttosto morire. La vostra matrigna ha un bel farmi tutte le sue confidenze e volermi tirar dalla sua: non ho mai potuto affezionarmi a lei, e sono sempre stata per voi. Lasciate fare a me: userò tutti i mezzi per servirvi, ma, per agire con più sicurezza, voglio cambiar sistema e nascondere il mio zelo per voi, fingendo di entrare nelle idee di vostro padre e della vostra matrigna.

ANGELICA. Cerca, ti scongiuro, di avvisare Cleante del matrimonio che s'è stabilito!

TONIETTA. Non saprei proprio chi mandargli, fuori del vecchio usuraio, Pulcinella, il mio pretendente; e dovrò ben concedergli in cambio qualche complimentino, ma lo farò volentieri per voi. Stasera è troppo tardi, ma domattina prestissimo lo manderò a cercare, e lui sarà felicissimo di...

Scena XI

BELINDA (dall'interno), ANGELICA, TONIETTA

BELINDA. Tonietta!

TONIETTA (ad Angelica). Mi chiamano. Arrivederci. Fidatevi di me.

PRIMO INTERMEZZO

La scena cambia e rappresenta una strada.

Pulcinella, di notte, viene per fare una serenata alla sua innamorata. È interrotto prima da violinisti contro i quali s'infuria, poi dalla ronda, composta di musicanti e ballerini.

Scena I

PULCINELLA (*da solo*). Oh amore, amore, amore! Povero Pulcinella, che fantasia ti sei mai messa in testa! A che gioco ti sei messo, povero insensato che non sei altro? Abbandoni la tua bottega, lasci andare tutti i tuoi affari; non mangi più, non bevi quasi più, hai perduto il sonno: e tutto per chi? Per un serpente, un vero serpente, una diavolessa che ti rimbecca e si fa beffe di quanto le puoi dire. Ma c'è poco da discutere. Lo vuoi tu, Amore: bisogna che folleggi anch'io come tanti altri. Non sta davvero troppo bene, per un uomo della mia età, ma cosa farci? Non si è sempre saggi quando si vuole, e i cervelli vecchi si ubbriacano come i giovani. Vediamo un po' se posso addolcire questa tigre con una serenata. Alle volte non c'è nulla di più commovente di un innamorato che venga a cantare i suoi dolori ai cardini e ai chiavistelli della porta dell'amor suo. (*Prendendo il suo liuto*) Ecco qui per accompagnare il mio canto. O notte! Notte divina! Porta tu i miei lamenti fino al letto della mia crudele. (*Cantando*)

Notte e dì v'amo e v'adoro:
Cerco un sì per mio ristoro;
Ma se voi dite di no,
Bella ingrata, io morirò.

Fra la speranza
S'affligge il cuore,
In lontananza
Consuma l'ore;

Sì dolce inganno
Che mi figura
Breve l'affanno,
Ahi troppo dura!

Così per troppo amor languisco e muoro.

Notte e dì v'amo e v'adoro:
Cerco un sì per mio ristoro;
Ma se voi dite di no,
Bella ingrata, io morirò.

Se non dormite,
Almen pensate
Alle ferite
Ch'al cuor mi fate.

Deh! almen fingete,
Per mio conforto,
Se m'uccidete,
D'aver il torto:

Vostra pietà mi scemerà il martoro.

Notte e dì v'amo e v'adoro·
Cerco un sì per mio ristoro;
Ma se voi dite di no,
Bella ingrata, io morirò. *

*Tutta la cantata è in italiano nel testo.

Scena II

PULCINELLA, UNA VECCHIA (*presentandosi a una finestra
e rispondendo a Pulcinella per prendersi gioco di lui*)

LA VECCHIA (*cantando*).

> Zerbinotti, ch'ognor con finti sguardi,
> Mentiti desiri,
> Fallaci sospiri,
> Accenti bugiardi,
> Di fede vi pregiate.
> Ah! che non m'ingannate,
> Che già so per prova
> Che in voi non si trova
> Costanza né fede.

Oh! Quanto è pazza colei che vi crede!

> Quei sguardi languidi
> Non m'innamorano,
> Que' sospir fervidi
> Più non m'infiammano,
>   Vel giuro, affè!
> Zerbino misero,
> Del vostro piangere
> Il mio cuor libero
> Vuol sempre ridere;
>   Credete a me,
> Che già so per prova
> Ch'in voi non si trova
> Costanza né fede.

Oh! Quanto è pazza colei che vi crede!*

*In italiano nel testo.

115

Scena III

PULCINELLA, VIOLINI (*dietro la scena*)

I VIOLINI (*attaccando un'arietta*).

PULCINELLA. Quale impertinente armonia interrompe il mio canto!

VIOLINI (*continuano a suonare*).

PULCINELLA. Silenzio, laggiù! Finitela, dunque, violini! Lasciate che io mi lamenti a piacer mio della crudeltà di quell'ingrata.

VIOLINI (*come sopra*).

PULCINELLA. Zitti, vi dico, sono io che devo cantare.

VIOLINI (*c.s.*).

PULCINELLA. Silenzio, dunque!

VIOLINI (*c.s.*).

PULCINELLA. Ohè!

VIOLINI (*c.s.*).

PULCINELLA. Ah-ih!

VIOLINI (*c.s.*).

PULCINELLA. Ma lo fate apposta?

VIOLINI (*c.s.*).

PULCINELLA. Dio, che baccano.

VIOLINI (*c.s.*).

PULCINELLA. Che il diavolo vi porti!

VIOLINI (*c.s.*).

PULCINELLA. Io m'infurio!

VIOLINI (*c.s.*)

PULCINELLA. Non la finirete, dunque? Ah!... Dio sia lodato!

VIOLINI (*c.s.*).

PULCINELLA. Ancora?

VIOLINI (*c.s.*).

PULCINELLA. Crepino i violini!

VIOLINI (*c.s.*).

PULCINELLA. E che musica scema!

VIOLINI (*c.s.*).

PULCINELLA (*cantando per schernirli*). Là, là, là, là, là, là!

VIOLINI (*c.s.*).

PULCINELLA (*come sopra*). Là, là, là, là, là, là!

VIOLINI (*c.s.*).

PULCINELLA (*c.s.*). Là, là, là, là, là, là!

VIOLINI (*c.s.*).

PULCINELLA (*c.s.*). Là, là, là, là, là, là!

VIOLINI (*c.s.*).

PULCINELLA (*c.s.*). Là, là, là, là, là, là!

VIOLINI (*c.s.*).

PULCINELLA (*cambiando sistema*). Perbacco, mi ci diverto, continuate pure, signori violini, mi farete piacere. Su, dunque, continuate per favore.

Scena IV

PULCINELLA (*solo*). Ecco l'unico sistema per farli star zitti. La musica non è abituata, di solito, a fare i nostri comodi. Orsù! A noi. Prima di cantare bisogna fare un po' di preludio e suonar qualche pezzetto per intonarsi. (*Prende il suo liuto e finge di suonare, imitando con le labbra e con la lingua il suono dello strumento*) Plan, plan, plan, plin, plin, plin, plin. È un ben brutto tempo per accordare un liuto. Plin, plin, plin. Plin, plan, plan. Plin, plan. Le corde non tengono con questa umidità. Plin, plin. Sento rumore. Mettiamo qui il liuto un momento sotto questa porta.

Scena V

PULCINELLA, ARCIERI (*passando nella strada e accorrendo al rumore*)

UN ARCIERE (*cantando*). Chi va là? Chi va là?

PULCINELLA (*a bassa voce*). Diavolo! Sentilo questo qui che parla in musica!

L'ARCIERE. Chi va là? Chi va là? Chi va là?

PULCINELLA (*spaventato*). Io, io, io.

L'ARCIERE. Chi va là? Chi va là? Dico.

PULCINELLA. Io, io, dico.

L'ARCIERE. E chi io? E chi io?

PULCINELLA. Io, io, io ,io, io, io.

L'ARCIERE. Di' il tuo nome, di' il tuo nome – e non farla più lunga.

PULCINELLA (*facendo il coraggioso*). Il mio nome? Vatti a impiccare!

L'ARCIERE. Olà, compagni, olà!

Prendiamo l'insolente – che risponde così!

Entrata del balletto

Sopraggiunge tutta la ronda che cerca Pulcinella nella notte.

VIOLINI e BALLERINI.

PULCINELLA. Chi va là?

VIOLINI e BALLERINI.

PULCINELLA. Chi sono questi furfanti?

VIOLINI e BALLERINI.

PULCINELLA. Ehi là!

VIOLINI e BALLERINI.

PULCINELLA. Olà! I miei lacchè, i miei servi!

VIOLINI e BALLERINI.

PULCINELLA. Morte e dannazione!

VIOLINI e BALLERINI.

PULCINELLA. Sangue di Giuda!

VIOLINI e BALLERINI.

PULCINELLA. Ne butterò ben giù qualcuno!

VIOLINI e BALLERINI.

PULCINELLA. Champagne! Poitevin! Picard! Basque! Breton!

VIOLINI e BALLERINI.

PULCINELLA. Datemi un po' il mio moschetto...

VIOLINI e BALLERINI.

PULCINELLA (*facendo finta di tirare un colpo di fucile*). Pum! (*Cadono tutti a terra e scappano.*)

Scena VI

PULCINELLA (*beffandosi di loro*). Ah! Ah! Ah! Ah! Gli ho fatto prendere un bello spavento! Sono ben stupidi ad aver paura di me che ho paura di loro! Perbacco non c'è come sapersela cavare a questo mondo. Se non avessi fatto il gran signore e il coraggioso sarebbero stati buoni di acchiapparmi. Ah! Ah! Ah! (*Gli arcieri ritornano e, sentendo cosa dice, lo prendono per il collo.*)

Scena VII

PULCINELLA, GLI ARCIERI (*che cantano*)

GLI ARCIERI (*tenendo stretto Pulcinella*).
       L'abbiam preso. – Al soccorso, camerati!
       Presto: dei lumi!
       (*Arriva tutta la guardia con lanterne.*)

Scena VIII

PULCINELLA, ARCIERI (*che cantano e danzano*)

ARCIERI.   Ahi traditor, gaglioffo, siete voi?
             Assassino, impudente, temerario,
             Insolente, villan, ladro, falsario,
             Ah, ci volevi spaventare tutti!
PULCINELLA. Signori, ero ubbriaco.
ARCIERI.   Storie, non c'è ragione:
             V'insegneremo a vivere,
             In prigione, in prigione!
PULCINELLA. Signori, ma io non sono un ladro.
ARCIERI. In prigione!
PULCINELLA. Io sono un buon borghese della città.
ARCIERI. In prigione!
PULCINELLA. Ma cosa ho fatto?
ARCIERI. In prigione, presto, in prigione!
PULCINELLA. Signori, lasciatemi andare.

ARCIERI. No.

PULCINELLA. Fatelo per favore!

ARCIERI. No.

PULCINELLA. Proprio?

ARCIERI. No.

PULCINELLA. Di grazia!...

ARCIERI. No, no!

PULCINELLA. Ma, signori!

ARCIERI. No, no, no!

PULCINELLA. Per piacere.

ARCIERI. No, no!

PULCINELLA. Per carità!

ARCIERI. No, no!

PULCINELLA. In nome del Cielo!

ARCIERI. No, no!

PULCINELLA. Misericordia!

ARCIERI.   No, no, non c'è ragione:
V'insegneremo a vivere,
In prigione, in prigione!

PULCINELLA. Ma insomma, signori, non c'è proprio mezzo
d'intenerirvi?

ARCIERI.   È facile commuoverci, siam buoni, buoni, buoni.
Siamo di cuore tenero
Più di quel che si creda.
Fuori sei scudi per berne un bicchiere,
E lascerem là preda.

PULCINELLA. Ohimè! Signori, vi giuro che non ho dietro
nemmeno un soldo.

ARCIERI.   Se non ci son gli scudi
Avete sol da scegliere:
O trenta scappellotti
O dodici legnate.

PULCINELLA. Se è proprio necessario, e non si può farne a
meno, preferisco gli scappellotti.

ARCIERI.   Su, preparatevi.
Contate bene.

Entrata del balletto

Gli arcieri, danzando, lo scappellottano in cadenza.

PULCINELLA (*mentre lo scappellottano*). Uno e due, tre e quattro, cinque e sei, sette e otto, nove e dieci, undici, dodici e tredici, e quattordici, e quindici. (*Si scansa.*)

ARCIERI.   Ah, voi truffate il conto?
          Ebben, ricominciamo.

PULCINELLA. Ah, signori! La mia povera testa non ne può più, me l'avete ridotta come una mela cotta. Preferisco le bastonate, piuttosto che ricominciare.

ARCIERI.   Se proprio preferite le legnate,
          Eccovi soddisfatto.

Entrata del balletto

Gli arcieri danzando gli danno dei colpi di bastone in cadenza.

PULCINELLA (*contando le bastonate*). Uno, due, tre, quattro, cinque, sei. Ahi! Ahi! Ahi! Non posso più resistere. Ecco, signori, qui ci sono sei scudi.

ARCIERI.   Oh, il dabben uomo, oh, l'alma generosa!
          Addio signore, addio sor Pulcinella!

PULCINELLA. Signori, vi do la buona sera.

ARCIERI. Addio, signore, addio sor Pulcinella.

PULCINELLA. Servitor vostro.

ARCIERI. Addio, signore, addio sor Pulcinella.

PULCINELLA. Servitor umilissimo.

ARCIERI. Addio, signore, addio sor Pulcinella.

PULCINELLA. Arrivederci.

Entrata del balletto

Danzano tutti, rallegrandosi del denaro che han preso.

ATTO SECONDO

La scena rappresenta la camera di Argante.

Scena I

CLEANTE, TONIETTA

TONIETTA. Desiderate, signore?

CLEANTE. Cosa desidero?

TONIETTA. Oh! Siete voi? Che sorpresa! Cosa venite a far qui?

CLEANTE. A conoscere il mio destino. A parlare alla mia cara Angelica, consultare i sentimenti del cuor suo e chiederle la sua decisione per questo fatale matrimonio di cui mi hanno detto.

TONIETTA. Sì; ma non si può mica parlare ad Angelica così, su due piedi! Ci vuol segretezza, e vi avranno ben detto com'è tenuta d'occhio. Non la lasciano uscire né parlare a nessuno; fu soltanto la curiosità d'una vecchia zia che ci fruttò il permesso di andare a vedere quella commedia che fece nascere la vostra passione; e ci siamo guardate bene dal parlare di quell'avventura.

CLEANTE. Per questo non vengo mica qui come Cleante, e in persona d'innamorato, ma come amico del suo maestro di musica, il quale mi ha permesso di dire che egli mi manda al suo posto.

TONIETTA. Ecco suo padre. Tornate di là un momento, ch'io possa dirgli che ci siete voi.

Scena II

ARGANTE, TONIETTA

ARGANTE. Il dottor Purgone mi ha detto di passeggiare la mattina, nella mia camera, dodici volte in su e dodici volte in giù; ma mi sono dimenticato di chiedergli se devo andare in lungo o in largo.

TONIETTA. Signore, c'è di là un...

ARGANTE. Parla piano, stupida! Tu m'introni il cervello; non sai che non si può parlar così forte ai malati?

TONIETTA. Volevo dirvi, signore...

ARGANTE. Parla piano, ti dico.

TONIETTA. Signore... (*Finge di parlare.*)

ARGANTE. Eh?

TONIETTA. Vi dico che... (*Fa ancora finta di parlare.*)

ARGANTE. Ma cosa dici?

TONIETTA (*forte*). Dico che c'è di là un uomo che vuol parlarvi.

ARGANTE. Che venga.

TONIETTA (*fa segno a Cleante di avanzarsi*).

Scena III

ARGANTE, CLEANTE, TONIETTA

CLEANTE. Signore...

TONIETTA (*beffandolo*). Non parlate così forte, che intronate il cervello al signore.

CLEANTE. Signore, io sono felice di trovarvi in piedi e di vedere che state meglio.

TONIETTA (*fingendo d'essere incollerita*). Come, sta meglio? È falso. Il signore sta sempre male.

CLEANTE. Ho sentito dire che il signore stava meglio e gli trovo proprio una bella cera.

TONIETTA. Cosa volete dire, con questa bella cera? Il signore ce l'ha bruttissima, e sono impertinenti quelli che vi hanno detto che stava meglio. Non è mai stato così male.

ARGANTE. Ha ragione.

TONIETTA. Cammina, dorme, mangia e beve, tutto come gli altri: ma questo non impedisce che sia malatissimo.

ARGANTE. È proprio vero.

CLEANTE. Signore, ne sono proprio desolato. Io vengo da parte del maestro di canto della signorina vostra figlia: egli s'è trovato obbligato ad andare in campagna per qualche giorno e, come suo amico intimo, mi manda al suo posto per continuare le lezioni, per paura che interrompendole non le accada di dimenticare quello che sa già.

ARGANTE. Molto bene. (*A Tonietta*.) Chiamate Angelica.

TONIETTA. Io credo, signore, che sarebbe meglio condurre il signore nella sua stanza.

ARGANTE. No. Fatela venir qui.

TONIETTA. Non potrà darle lezioni come si deve, se non sono da solo a sola.

ARGANTE. No, no, va benissimo qui.

TONIETTA. Signore, vi stordiranno, e non vi conviene affaticarvi così e intronarvi il cervello, nello stato in cui siete.

ARGANTE. Mai più: io amo molto la musica e sarò felicissimo di... Ah! Eccola. Andate di là a vedere se mia moglie è pronta.

Scena IV

ARGANTE, ANGELICA, CLEANTE

ARGANTE. Venite, Angelica. Il vostro maestro di canto è andato in campagna, e manda questo signore al suo posto per farvi lezione.

ANGELICA. Oh, Cielo!

ARGANTE. Che c'è? Perché mai tanta sorpresa?

ANGELICA. È che...

ARGANTE. Diamine, c'è da commuoversi tanto?

ANGELICA. Papà, è che mi capita un caso straordinario.

ARGANTE. E come mai?

ANGELICA. Questa notte ho sognato di essere in un grandissimo imbarazzo, e che una persona del tutto simile al signore mi si è presentata, e io gli ho chiesto soccorso, ed essa mi ha subito tolto di pena: pensate alla mia sorpresa nel vedere d'improvviso qui proprio colui che mi son sognata tutta la notte.

CLEANTE. Non è certo una sventura occupare i vostri pensieri sia nel sonno che da sveglia; e la mia gioia sarebbe certo grandissima se voi foste veramente in qualche imbarazzo nel quale mi credeste degno di portarvi soccorso: non c'è nulla che io non farei pur di...

Scena V

ARGANTE, ANGELICA, CLEANTE, TONIETTA

TONIETTA (*per deriderlo*). Perbacco, signore, io sono ormai dalla vostra, e mi disdico di tutto quello che dicevo ieri. Ecco il signor Diafoirus padre e il signor Diafoirus figlio che vengono a farvi visita. Avete proprio un bel genero! Vedrete il giovinotto più bello e più spiritoso che ci sia mai stato. Mi ha detto soltanto due parole che mi hanno incantata, e vostra figlia sarà felice di lui.

ARGANTE (*a Cleante, che finge di volersene andare*). Non andatevene, signore. Io sto per maritare mia figlia, ed ecco qui che arriva il suo pretendente, che lei non ha ancora mai visto.

CLEANTE. È un grande onore per me, signore, d'esser testimone di un così lieto incontro.

ARGANTE. È il figlio di un bravissimo dottore, e il matrimonio si farà fra quattro giorni.

CLEANTE. Benissimo.

ARGANTE. Mandatelo a dire al suo maestro di musica, che venga anche lui alle nozze.

CLEANTE. Non mancherò.

ARGANTE. Anzi, vi prego di favorirci anche voi.

CLEANTE. Grazie, grazie, onoratissimo.

TONIETTA. Suvvia, in ordine, eccoli qua.

Scena VI

IL SIGNOR DIAFOIRUS, TOMMASO DIAFOIRUS, ARGANTE,
ANGELICA, CLEANTE, TONIETTÀ, UN LACCHÈ

ARGANTE (*mettendo mano al berretto, senza toglierlo*). Il dottor Purgone, signore, mi ha proibito di scoprirmi. Voi siete del mestiere, e sapete le conseguenze.

IL SIGNOR DIAFOIRUS. In tutte le nostre visite noi veniamo sempre per portar soccorso ai malati, e non per incomodarli. (*Argante e il signor Diafoirus parleranno contemporaneamente, s'interromperanno e si confonderanno.*)

ARGANTE. Io ricevo, signore...

IL SIGNOR DIAFOIRUS. Noi veniamo qui, signore...

ARGANTE. Con molta gioia...

IL SIGNOR DIAFOIRUS. Mio figlio Tommaso ed io...

ARGANTE. L'onore che voi mi fate...

IL SIGNOR DIAFOIRUS. Per testimoniarvi, signore...

ARGANTE. Avrei proprio desiderato...

IL SIGNOR DIAFOIRUS. La nostra soddisfazione...

ARGANTE. Di potervi venire a trovare io stesso...

IL SIGNOR DIAFOIRUS. Per la grazia che ci concedete...

ARGANTE. Per assicurarvi il mio consenso.

IL SIGNOR DIAFOIRUS. Di volerci accogliere così...

ARGANTE. Ma voi sapete bene, signore...

IL SIGNOR DIAFOIRUS. Questo sommo onore che ci fate...

ARGANTE. Cosa vuol dire essere ammalato...

IL SIGNOR DIAFOIRUS. Di concederci la vostra parentela...

ARGANTE. E così io non posso far altro...

IL SIGNOR DIAFOIRUS. E noi vi assicuriamo...

ARGANTE. Che assicurarvi ora qui...

IL SIGNOR DIAFOIRUS. Che per tutto quanto si riferisce alla nostra professione...

ARGANTE. Che io cercherò tutte le occasioni...

IL SIGNOR DIAFOIRUS. Come in qualsiasi altra cosa...

ARGANTE. Di farvi sentire, signore...

IL SIGNOR DIAFOIRUS. Noi saremo sempre pronti, signore...

ARGANTE. Che sono tutto ai vostri servigi.

IL SIGNOR DIAFOIRUS. A darvi prova del nostro zelo. (*Verso suo figlio*) Suvvia, Tommaso, fate le vostre reverenze.

TOMMASO DIAFOIRUS (*ha l'aria di un gran minchione, appena congedato da scuola, che fa tutto sgarbatamente e controtempo*). Non devo cominciare dal padre?

IL SIGNOR DIAFOIRUS. Sì.

TOMMASO DIAFOIRUS (*ad Argante*). Signore, io vengo a salutare, a riconoscere onorare e riverire in voi un secondo padre, ma un secondo padre al quale io oso dire che sono più obbligato che al primo. Il primo mi ha generato; voi mi avete scelto. Egli mi ha ricevuto per necessità; voi mi avete accettato per grazia vostra. Ciò che io ho da lui è opera corporale, ciò che io ho da voi è opera della vostra volontà; e quanto più le facoltà spirituali sono al di sopra delle corporali, tanto più io vi debbo, e tanto più io stimo prezioso questo prossimo affigliamento, del quale io vengo oggi a rendervi anticipatamente il più umile e rispettoso omaggio.

TONIETTA. Evviva le scuole di dove vengono fuori così bravi!

TOMMASO DIAFOIRUS. Ho detto bene, papà?

IL SIGNOR DIAFOIRUS. *Optime.*

ARGANTE (*ad Angelica*). Suvvia, salutate il signore.

TOMMASO DIAFOIRUS. Le bacio la mano?

IL SIGNOR DIAFOIRUS. Sì, certo.

TOMMASO DIAFOIRUS (*ad Angelica*). Signora, è una grazia che il Cielo mi ha concessa di avervi per seconda madre, poiché...

ARGANTE. Non è lei mia moglie, è a mia figlia che voi parlate.

TOMMASO DIAFOIRUS. E dov'è vostra moglie?

ARGANTE. Sta per venire.

TOMMASO DIAFOIRUS. Papà, devo aspettare che arrivi?

IL SIGNOR DIAFOIRUS. No, fa' pure i complimenti alla signorina.

TOMMASO DIAFOIRUS. Signorina, come la statua di Memnone, la quale emetteva un armoniosissimo suono quando veniva percossa dai raggi del sole, così io mi sento animato da un dolcissimo trasporto all'apparire del sole della vostra beltà, e, come i naturalisti osservano che il fiore chiamato eliotropio si volge senza fine verso il radioso astro del giorno, così d'ora in avanti il mio cuore s'aggirerà sempre attorno agli astri luminosi delle vostre luci adorabili, come attorno al suo unico polo. Sopportate dunque, signorina, che io appenda oggi all'ara delle vostre grazie l'offerta di questo cuore, che non aspira e non ambisce ad altra gloria che di essere per tutta la vita, signorina, il vostro umilissimo, obbediente e fedelissimo servitore e marito.

TONIETTA. Cosa vuol mai dire studiare! S'imparano proprio delle belle cose.

ARGANTE. Eh! Che ne dite?

CLEANTE. Il signore è ammirevole e, se egli è tanto buon medico quanto buon oratore, sarà un piacere farsi curare da lui.

TONIETTA. Certamente. Sarà una cosa fantastica, se cura tanto bene come parla.

ARGANTE. Suvvia, presto, la mia sedia, e delle sedie per tutti. (*Un lacchè porta le sedie.*) Sedetevi lì, figlia mia. (*Al signor Diafoirus*) Voi vedete, signore, che tutti ammirano vostro figlio, e io vi invidio e vi chiamo felice d'avere un giovinotto come quello.

IL SIGNOR DIAFOIRUS. Signore, non perché io sia suo padre, ma posso proprio dire che ho ragione d'esser contento di lui, e che quanti lo vedono e lo conoscono ne parlano come d'un giovane senza un'ombra di malizia. Veramente non ha mai avuto l'immaginazione troppo vivace, né quella prontezza di spirito che si possono notare in certuni, ma è proprio da questo che io ne ho sempre tratto ottimo augurio per il suo buon giudizio, qualità essenziale per l'esercizio dell'arte nostra. Fin da quando era piccolo, non è mai stato davvero sveglio né capriccioso. Lo si vedeva sempre tranquillo, placido e taciturno: non diceva mai una parola e non si divertiva mai a quei giochi che sogliono chiamare infantili. C'è voluta la più gran fatica del mondo per insegnargli a leggere, e, a nove anni, non conosceva ancor bene le lettere dell'alfabeto. «Bene!» mi dicevo io «gli alberi tardivi sono quelli che danno i frutti migliori. Si scrive sul marmo con difficoltà maggiore che non sulla sabbia: ma l'iscrizione vi resta conservata ben più a lungo; e questa lentezza di comprendonio, questa pesantezza d'immaginazione, è il segno di un ottimo giudizio a venire.» Quando lo mandai alle scuole, egli dové durar molta fatica; ma si ostinava contro le difficoltà: i suoi insegnanti si congratulavano sempre con me della sua pertinacia e del suo lavoro. Infine, a forza di battere il ferro, egli è giunto gloriosamente a prendere la licenza; e posso dire senza vanità che, da due anni che egli è sui banchi della Facoltà, non c'è candidato che abbia fatto più rumore di lui in tutte le dispute della nostra scuola. S'è fatto una reputazione temibilissima, e non c'è il benché minimo fatto sul quale egli non abbia da argomentare ad oltranza per la tesi contraria. Egli è saldo nella disputa, forte come un turco nei suoi principi, non molla mai la sua opinione e sa tirare un ragionamento fino alle estreme conseguenze della logica. Ma, soprattutto, quello che mi piace in lui, e in ciò egli segue il mio esempio, è l'attaccarsi ciecamente alle opinioni degli antichi, senza pericolo che abbia mai voluto comprendere né ascoltare le ragioni e l'esperienze di certi pretesi ritrovati del nostro secolo, come la circolazione del sangue e altra roba della stessa risma.

TOMMASO DIAFOIRUS (*togliendo di tasca una lunghissima tesi arro-tolata, che presenta ad Angelica*). Ho sostenuto di recente contro i circolatori una tesi che, con il permesso del signore, io oso presentare alla signorina, come un dove-roso omaggio delle primizie del mio ingegno.

ANGELICA. Signore, io non so che farmene di questa roba, e non m'intendo di certi argomenti.

TONIETTA. Date, date qua, sarà sempre buona per le figure. Mi servirà a tappezzare la mia stanza.

TOMMASO DIAFOIRUS. Sempre col permesso del signore, ma-damigella, io vi invito a venire a vedere, uno di questi giorni, per vostro divertimento, la dissezione di una don-na sulla quale devo discutere.

TONIETTA. Sarà proprio un bel divertimento. Ce n'è di quelli che offrono alla fidanzata una qualche commedia, ma offrire una dissezione è certo una gran galanteria!

IL SIGNOR DIAFOIRUS. Del resto, per quel che riguarda le qualità indispensabili al matrimonio e alla riproduzione, vi posso assicurare che, secondo i dettami dei nostri dot-tori, egli è tal quale deve essere, e possiede in grado sviluppatissimo la facoltà riproduttiva, ed è proprio con-formato come si deve per generare e procreare dei figli belli e ben fatti.

ARGANTE. Non sarebbe vostra intenzione, signore, metterlo in vista alla Corte e trovargli qualche carica ufficiale di dottore?

IL SIGNOR DIAFOIRUS. A parlarvi chiaro, il nostro mestiere presso i potenti non mi è mai sembrato piacevole, e ho sempre trovato che era dieci volte meglio restare libero professionista. Il pubblico è molto più comodo. Non ave-te da rispondere delle vostre azioni a nessuno; e, purché si seguano le regole correnti dell'arte, non c'è mai da preoccuparsi di quello che può capitare. Ma quello che è seccante, presso i potenti, è che, quando vengono ad ammalarsi, pretendono assolutamente che il loro dottore li guarisca.

TONIETTA. Questa sì che è bella! Sono ben sfacciati a pretendere che voialtri dottori li facciate star bene! Voi non siete mica lì per questo: voi dovete soltanto prendere il vostro stipendio e ordinare delle medicine; quanto al guarire, che ci pensino loro, se possono!

IL SIGNOR DIAFOIRUS. È verissimo. Noi siamo tenuti solamente a trattare i clienti nelle debite forme.

ARGANTE (*a Cleante*). Signore, fate cantare un po' mia figlia davanti alla compagnia.

CLEANTE. Ai vostri ordini, signore; mi è venuto in mente, per divertire la compagnia, di cantare con la signorina un duetto di un'operetta che è stata scritta da poco. (*Ad Angelica, dandole una carta*) Prendete, ecco la vostra parte.

ANGELICA. Io?

CLEANTE (*piano ad Angelica*). Non dite di no, vi scongiuro, e lasciate che vi spieghi com'è questo duetto che dobbiamo cantare. (*Forte*) Io veramente non ho voce per cantare, ma basterà che mi faccia sentire; e avrete la bontà di scusarmi, data la necessità in cui mi trovo, di far cantare la signorina.

ARGANTE. E i versi sono belli?

CLEANTE. Veramente è un'operetta di quelle che si chiamano «all'improvviso»: e sarà piuttosto della prosa ritmata, una specie di versi liberi, quali la passione e la necessità possono far venire in mente a due persone che esprimono i loro sentimenti come vien viene, e parlano così, sui due piedi.

ARGANTE. Benissimo. Sentiamo un po'.

CLEANTE. Ecco l'argomento. Un pastore stava godendosi uno spettacolo che era appena incominciato, quando fu distratto da un rumore che intese accanto a sé. Si volta e vede un villano che, con parole insolenti, manca di rispetto a una pastorella. Subito egli prende le difese di un sesso a cui tutti gli uomini devono rispetto e, punito il mascalzone della sua insolenza, si volge alla pastorella; e vede una giovinetta che, coi più begli occhi che egli abbia mai visto, versa delle lacrime che egli trova le più belle del mondo. «Ohimè!» si dice «è mai possibile offendere una persona così adorabile? E quale inumano, qual barbaro non sarebbe commosso da queste lacrime?» Subito si fa premura di far cessare quelle lacrime che egli pure trova così belle; e l'amabile pastorella si preoccupa intanto di ringraziarlo del suo piccolo servigio; ma in un modo così grazioso, così tenero e così appassionato che il pastore non può resistere, e ogni parola, ogni sguardo, è come un dardo infiammato che gli va diritto al cuore. «C'è dunque qualche azione» dice «che si possa meritare delle parole così amabili e un tale ringraziamento?

Cosa non si vorrebbe mai fare, a quali favori, a quali pericoli non si sarebbe felici di precipitarsi, per meritare un solo istante queste commoventi parole di un'anima così riconoscente?» Lo spettacolo intero trascorre senza che egli possa farvi la minima attenzione: ma egli si lamenta che sia così breve, perché terminando lo divide dalla sua adorata pastorella; e questa prima conoscenza, questi brevi istanti gli fanno nascere in cuore tutta quella passione che un amore di lunghi anni potrebbe far nascere in un altro. Eccolo dunque in preda ai dolori della lontananza, torturato di non poter più vedere colei della cui vista egli ha goduto per così breve temp. Egli fa di tutto per rivedere la pastorella di cui conserva in cuore notte e giorno una così affascinante immagine. Ma la scrupolosa guardia in cui essa è tenuta rende vano ogni espediente. L'impeto della sua passione lo decide a chiedere in sposa l'adorabile beltà senza la quale ormai non può più vivere: egli ottiene da lei il consenso, con un biglietto che riesce a farle avere. Ma nello stesso tempo lo si avverte che il padre della sua bella ha deciso di darla in sposa a un altro, e che tutto è già disposto per la cerimonia. Pensate qual colpo crudele per il cuore del misero pastore! Eccolo schiantato da un mortale dolore: egli non può sopportare l'atroce pensiero di vedere colei che è tutto il suo amore tra le braccia di un altro; e il suo amore, spinto alla disperazione, gli fa trovare un mezzo d'introdursi nella casa della pastorella per conoscere i suoi sentimenti e sentire da lei il suo destino. Vi trova i preparativi di quanto egli teme; vede giungere l'empio rivale che il capriccio di un padre oppone alle tenerezze dell'amor suo. Lo vede trionfante, questo ridicolo rivale, al fianco dell'adorabile pastorella, come d'una sicura conquista; e questa vista lo riempie di una collera che può appena padroneggiare. Lancia degli sguardi dolorosi a colei che adora; ma il suo rispetto e la presenza del padre gli impediscono di parlare in altro modo che con gli occhi. Alfine depone ogni riguardo, e l'impeto della sua passione lo spinge a manifestarsi così. (*Canta.*)

> Fillide cara, è troppo il mio soffrire;
> Parlate alfine, apritemi il cuor vostro.
> Ditemi il mio destino:
> Viver degg'io, o morire?

ANGELICA (*cantando*).
> Ben lo vedete, o Tirsi, il mio dolore
> Per l'imene che voi tanto aborrite;
> Io levo gli occhi al Ciel, per voi sospiro.
> Che posso dir di più?

ARGANTE. Perbacco! Non credevo davvero che mia figlia fosse tanto brava da cantare così, a libro aperto, senza la minima esitazione.

CLEANTE.
> Ohimè, Fillide, amore!
> L'innamorato Tirsi avrebbe mai
> Tanta felicità,
> Che per lui si conturbi il vostro cuore?

ANGELICA. In tal dolor non taccio al tuo richiamo:
> Ebben sì, Tirsi, io t'amo!

CLEANTE.
> O gioia infinita!
> Ho inteso ben, m'amate?
> Deh, me lo dite ancor, ch'io ne sia certo!

ANGELICA. Tirsi, l'ho detto, io t'amo!
CLEANTE. Filli, di grazia, ancora!
ANGELICA. Io t'amo!

CLEANTE.   Deh, mille volte ancora, non vi stancate!

ANGELICA.   Io t'amo, io t'amo, io t'amo.
           Tirsi, l'ho detto, io t'amo!

CLEANTE.   Re, potenti del mondo, eterni dei,
           Ogni vostra delizia al mio contento
           Paragonar potreste? Ma, Fillide, un pensiero
             Tanta gioia conturba.
             Un rivale, un rivale...

ANGELICA.   Questo rivale io l'odio!
             La sua vista è un supplizio
             Per me più che per voi.

CLEANTE.   Ma un padre vi vorrebbe a lui legata...

ANGELICA.   Meglio la morte allora,
             Prima ch'io v'acconsenta.
           Meglio la morte, oh sì: meglio la morte!

ARGANTE. E il padre cosa dice, a sentir tutto questo?

CLEANTE. Non dice niente.

ARGANTE. È un bello scemo quel padre a sopportare tutte quelle sciocchezze e non dir niente!

CLEANTE (*come per cantare ancora*). Ah! Cuor mio...

ARGANTE. No, no; basta. Questa commedia par fatta apposta per dare il cattivo esempio. Quel Tirsi è un impertinente e quella Fillide una sfacciata, a parlare così davanti a suo padre. (*Ad Angelica*) Fa' un po' vedere quel foglio. Oh! oh! dove sono le parole che avete cantato? Qui c'è soltanto la musica.

CLEANTE. Come, signore, non sapete che hanno trovato da poco il sistema di scrivere le parole per mezzo delle note stesse?

ARGANTE. Ah, molto bene. Servitor vostro, signore, arriderci! Avremmo fatto a meno volentieri della vostra insolente operetta.

CLEANTE. Io credevo di divertirvi.

ARGANTE. Le sciocchezze non divertono mai. Oh!, ecco mia moglie.

Scena VII

ARGANTE. Amor mio, ecco il figlio del signor Diafoirus.

TOMMASO DIAFOIRUS (*s'inoltra in un complimento ben studiato, ma la memoria gli manca, non sa come continuare*). Signora, è una grazia che il Cielo mi ha concessa di avervi per seconda madre, poiché sul vostro bel viso...

BELINDA. Signore, io sono lietissima di esser venuta in buon punto per avere l'onore di conoscervi.

TOMMASO DIAFOIRUS. Poiché sul vostro bel viso... Poiché sul vostro bel viso... Signora, mi avete interrotto proprio a metà del periodo e mi avete fatto perdere la memoria.

IL SIGNOR DIAFOIRUS. Tommaso, serbate il resto per un'altra volta.

ARGANTE. Avrei voluto, mia cara, che foste stata qui un momento fa.

TONIETTA. Oh!, signora, quanto avete perduto, di non avere assistito al secondo padre, alla statua di Memnone e al fiore chiamato eliotropio!

ARGANTE. Suvvia, Angelica, date la mano al signore e concedetegli la vostra fede, come a vostro marito.

ANGELICA. Papà!...

ARGANTE. Come, papà! Che c'è adesso?

ANGELICA. Per carità, non precipitate le cose. Dateci almeno il tempo di conoscerci e di veder nascere in noi l'uno per l'altro quella simpatia così necessaria a fare un'unione perfetta.

TOMMASO DIAFOIRUS. Per parte mia, madamigella, è già nata d'un colpo dentro di me, e non ho davvero bisogno di aspettare ancora.

ANGELICA. Voi siete molto pronto, signore, ma io no; e vi confesso che i vostri meriti non hanno ancora fatto sufficiente impressione sul mio cuore.

ARGANTE. Oh! bene, bene: avrete poi tutto il tempo quando sarete sposati.

ANGELICA. Oh! papà, datemi tempo, vi prego! Il matrimonio è una catena alla quale non si deve mai legare un cuore con la violenza, e, se il signore è un galantuomo, egli non vorrà mai accettare una persona che si darebbe a lui per forza.

TOMMASO DIAFOIRUS. *Nego consequentiam*, madamigella: io posso benissimo essere un galantuomo e volervi accettare di buon grado dalle mani del signore vostro padre.

ANGELICA. È un pessimo sistema, per farsi amare da qualcuno, fargli violenza.

TOMMASO DIAFOIRUS. Noi leggiamo negli antichi, madamigella, che la loro usanza era di rapire con la forza, dalla casa dei padri, le fanciulle che dovevano sposare, perché non figurasse che proprio di loro volontà esse si precipitassero nelle braccia d'un uomo.

ANGELICA. Gli antichi, signore, sono morti: e noi ora siamo moderni. Certe commedie non sono più necessarie nel nostro secolo; e, quando un matrimonio ci piace, noi sappiamo benissimo acconsentirvi da sole, senza che ci rapiscano. Portate pazienza: se proprio mi amate, dovete essere d'accordo con tutti i miei desideri.

TOMMASO DIAFOIRUS. Sì, madamigella, escluso gli interessi dell'amor mio, però.

ANGELICA. Ma la più gran prova d'amore è di esser sottomesso alle volontà di colei che si ama.

TOMMASO DIAFOIRUS. *Distinguo*, signorina. In quello che non riguarda il possesso della persona amata, *concedo*; ma in quello che vi riguarda, *nego*.

TONIETTA. Avete un bel ragionare. Il signore è fresco di studi e avrà sempre lui l'ultima parola. Ma perché poi tanta resistenza e rifiutare così la gloria di finire anche voi nell'ordine dei medici?

BELINDA. Essa ha forse qualche altra inclinazione nel cuore.

ANGELICA. E se così fosse, signora, sarebbe tale che la ragione e l'onestà me la possano permettere.

ARGANTE. Ci faccio una bella figura, io, qui!

BELINDA. Se stesse in me, piccolo mio, non l'obbligherei certo a maritarsi: so ben io quel che farei.

ANGELICA. So benissimo anch'io, signora, cosa volete dire, e la bontà che voi avete per me; ma forse i vostri consigli non avranno la fortuna di essere seguiti.

BELINDA. Perché ormai le ragazze savie e oneste, come voi siete, se ne infischiano di mostrarsi obbedienti e sottomesse alle volontà dei padri loro! Roba da tempi antichi!

ANGELICA. Il dovere d'una figlia ha dei limiti, signora; e la ragione e la legge non arrivano a certi estremi.

BELINDA. Sarebbe a dire che non vi dispiacerebbe per nulla sposarvi, ma che vorreste scegliervi uno sposo a vostro piacimento.

ANGELICA. Se mio padre non vuol darmi uno sposo che mi piace, io lo scongiurerò almeno di non obbligarmi a sposarne uno che non posso amare.

ARGANTE. Signori, io sono mortificatissimo, e vi domando mille scuse.

ANGELICA. Ciascuno ha il suo scopo, sposandosi. Per me, io voglio un marito soltanto per amarlo veramente, e pretendo farne lo scopo di tutta la mia vita, e per questo vi confesso che voglio prendere le mie precauzioni. Ci son di quelle che prendono marito soltanto per sottrarsi all'autorità dei loro genitori e mettersi in condizione di poter fare tutto quello che vogliono. Ci son delle altre, signora, che fanno del matrimonio un affare di puro interesse: che si sposano soltanto per ricavarne donazioni o per arricchirsi con la morte di quelli che sposano, e corrono senza scrupoli di marito in marito per appropriarsene le spoglie. Certo che queste donne, in verità, non ci mettono né uno né due, e non stanno tanto a considerare la persona!

BELINDA. Trovo che oggi sapete ragionare proprio bene, e vorrei sapere cosa intendete dire con questo.

ANGELICA. Io, signora? Null'altro all'infuori di quel che ho detto!

BELINDA. Voi siete così stupida, mia cara, che non si può più sopportarvi!

ANGELICA. Vedo bene che vorreste, signora, spingermi a rispondervi con qualche impertinenza: ma vi avverto che non avrete questa fortuna.

BELINDA. Non c'è nulla di più offensivo della vostra insolenza!

ANGELICA. No, signora: dite pure quel che volete.

BELINDA. Siete così piena di sciocco orgoglio e d'insolente presunzione che scandalizzate tutti qua dentro.

ANGELICA. È inutile, signora, è proprio inutile. Mi conterrò vostro malgrado; e, per togliervi ogni speranza di riuscire nel vostro scopo, io mi tolgo dalla vostra presenza.

Scena VIII

ARGANTE, BELINDA, IL SIGNOR DIAFOIRUS, TOMMASO DIAFOIRUS, TONIETTA

ARGANTE (*ad Angelica*). Senti bene! Non c'è via di mezzo: scegli tu se preferisci sposare fra quattro giorni il signore o un convento. (*A Belinda*) Non vi date pena, l'aggiusterò ben io.

BELINDA. Sono spiacente di lasciarvi, piccolo mio; ma ho una commissione da fare in città, e non posso farne a meno. Tornerò subito.

ARGANTE. Andate, amor mio; e ricordatevi di passare dal notaio per quell'affare che sapete.

BELINDA. Addio, piccolo caro.

ARGANTE. Addio, gioia.

Scena IX

ARGANTE. Quanto mi ama questa donna... È da non credere!

IL SIGNOR DIAFOIRUS. Signore, noi dobbiamo congedarci.

ARGANTE. Io vi prego, dottore, di dirmi un poco come mi trovate.

IL SIGNOR DIAFOIRUS (*tastando il polso ad Argante*). Suvvia, Tommaso, prendi l'altro braccio del signore, vediamo un po' se sai giudicare bene un polso. *Quid dicis?*

TOMMASO DIAFOIRUS. Dico che il polso del signore è il polso di uno che non sta per nulla bene.

IL SIGNOR DIAFOIRUS. Giusto.

TOMMASO DIAFOIRUS. Che è duriuscolo, per non dir duro.

IL SIGNOR DIAFOIRUS. Benissimo.

TOMMASO DIAFOIRUS. Respingente.

IL SIGNOR DIAFOIRUS. Bene *quidem*.

TOMMASO DIAFOIRUS. E anche un po' saltellante.

IL SIGNOR DIAFOIRUS. *Optime*.

TOMMASO DIAFOIRUS. Il che denuncia qualche anomalia nel *parenchima splenico*, e cioè nella milza.

IL SIGNOR DIAFOIRUS. Molto bene.

ARGANTE. Ma no: il dottor Purgone dice che è il fegato che è malato.

IL SIGNOR DIAFOIRUS. Eh, sì! Chi dice *parenchima* dice l'uno e l'altro per via della strettissima simpatia che essi hanno fra loro, per mezzo del *vas breve*, del *piloro*, e spesso del *canale coledoco*. Egli vi dice senza dubbio di mangiare molto arrosto?

ARGANTE. No: soltanto bollito.

IL SIGNOR DIAFOIRUS. Eh sì! Arrosto, bollito, è tutt'uno. Il vostro dottore vi regola molto bene, e non potreste essere in migliori mani.

ARGANTE. Dottore, quanti grani di sale bisogna mettere in un uovo?

IL SIGNOR DIAFOIRUS. Sei, otto, dieci, a numeri pari; e nei medicinali sempre a numeri dispari.

ARGANTE. Arrivederci, signore.

Scena X

BELINDA, ARGANTE

BELINDA. Piccolo mio, prima d'uscire vi voglio avvisare d'una cosa alla quale dovrete badare un po' voi. Passando davanti alla camera di Angelica, ho osservato un giovinotto con lei, che è scomparso appena mi ha vista.

ARGANTE. Un giovinotto con mia figlia?

BELINDA. Sì, la vostra minore, Luigina, era con loro, e potrà dirvene lei qualcosa.

ARGANTE. Mandatemela, amor mio, mandatemela. Ah! la sfrontata! Non mi stupisco più della sua resistenza.

Scena XI

ARGANTE, LUIGINA

LUIGINA. Cosa volete, papà? La mamma mi ha detto che mi volevate.

ARGANTE. Sì. Vieni qui. Passa di là. Girati un momento. Alza gli occhi. Guardami bene. Eh?...

LUIGINA. Che c'è, papà?

ARGANTE. Là.

LUIGINA. Cosa?

ARGANTE. Non hai proprio niente da dirmi?

LUIGINA. Vi dirò, se volete, per distrarvi, il raccontino di «Coda d'asino», oppure la favola del «Corvo e la volpe» che ho imparato proprio adesso.

ARGANTE. Non è quello che voglio.

LUIGINA. E cosa allora?

ARGANTE. Ah, birba! Sai bene cosa voglio dire.

LUIGINA. Perdonatemi, papà, ma non lo so.

ARGANTE. È così che si obbedisce?

LUIGINA. Perché?

ARGANTE. Non ti ho raccomandato di venirmi a dire subito tutto quello che vedevi?

LUIGINA. Sì, papà.

ARGANTE. E me lo vuoi dire?

LUIGINA. Sì, papà, sono venuta per dirvi tutto quello che ho visto.

ARGANTE. E non hai visto niente quest'oggi?

LUIGINA. No, papà.

ARGANTE. No?

LUIGINA. No, papà.

ARGANTE. Di sicuro?

LUIGINA. Di sicuro.

ARGANTE. Vieni qui, che ti farò ben veder io qualche cosa. (*Va a prendere un frustino.*)

LUIGINA. Ah! Papà!

ARGANTE. Ah sì, eh!, bugiardella, non mi vuoi dire che hai visto un uomo nella camera della tua sorellina!

LUIGINA. Oh papà!

ARGANTE. Questo t'insegnerà a dire le bugie.

LUIGINA (*gettandosi in ginocchio*). Ah, papà! Vi chiedo perdono. È mia sorella che mi aveva detto di non dirvelo: ma adesso vi dirò tutto.

ARGANTE. Bisogna prima che tu sia frustata, perché hai detto la bugia. Poi, dopo, vedremo il resto.

LUIGINA. Perdono, papà.

ARGANTE. No, no.

LUIGINA. Papalino mio, non datemi col frustino.

ARGANTE. Ti darò, invece.

LUIGINA. In nome di Dio, papà, non picchiatemi!

ARGANTE (*la prende per un braccio, volendo frustarla*). Su, su, andiamo!

LUIGINA. Ah! papà, m'avete fatto male. Aspettate: ecco, sono morta. (*Si butta in terra e si finge morta.*)

ARGANTE. Olà! Che è mai ciò? Luigina! Luigina! Ah! mio

141

Dio! Luigina! Figlia mia!... Disgraziato! È mai possibile? È morta sul serio? Che ho fatto, miserabile! Maledetto frustino! Povera figlia mia, Luigina, piccola cara...

LUIGINA. Su, su, papà, non piangete tanto; non sono mica morta del tutto.

ARGANTE. Ma guarda un po' che sfacciata... farmi di questi scherzi... Be', be'... Per questa volta ti perdono, purché tu mi dica tutto davvero.

LUIGINA. Oh! si, papà.

ARGANTE. E bada bene a quel che dici: perché ho qui questo ditino che sa tutto, e mi dirà se mi racconti delle bugie.

LUIGINA. Sì; ma, papà, non dite mica ad Angelica che io ve l'ho detto.

ARGANTE. No, no.

LUIGINA (*dopo aver guardato se nessuno sente*). Papà, mentre io ero nella stanza di Angelica è venuto un uomo.

ARGANTE. Ebbene?

LUIGINA. Gli ho chiesto cosa voleva, e lui m'ha detto che era il suo maestro di canto.

ARGANTE. Hum! Hum! Adesso capisco. (*A Luigina*) Ebbene?

LUIGINA. E dopo è venuta mia sorella.

ARGANTE. E poi?

LUIGINA E gli ha detto: «Uscite, uscite, andate via! per carità, andate via; voi mi fate disperare!».

ARGANTE. E poi?

LUIGINA. E lui non voleva andar via.

ARGANTE. E cosa le diceva?

LUIGINA. Oh! Le diceva tante cose...

ARGANTE. Ma cosa?

LUIGINA. Le diceva qui e là: che le voleva tanto bene e che lei era la più bella del mondo.

ARGANTE. E poi, dopo?

LUIGINA. E poi, dopo, s'inginocchiava davanti a lei.

ARGANTE. E poi, dopo?

LUIGINA. E dopo le baciava le mani.

ARGANTE. E dopo?

LUIGINA. E dopo la mamma è venuta alla porta e lui è scappato.

ARGANTE. E non c'è proprio niente altro?

LUIGINA. No, papà.

ARGANTE. Eppure il mio ditino mi brontola qualcosa. (*Mettendo il mignolo all'orecchio*) Aspetta un po'. Eh? Ah! ah! sì?... Il mio ditino mi dice che tu hai visto ancora qualcosa e non me lo dici.

LUIGINA. Oh, papà, il vostro ditino è un bugiardo.

ARGANTE. Bada bene!

LUIGINA. No, no, papà; non credetegli: è un bugiardo, ve lo dico io.

ARGANTE. Be', be', vedremo. Adesso vai, e guardati bene intorno. Ah!, non ci si può più fidare dei figli! Dio, quanti pasticci! Non ho più neanche il tempo di pensare alla mia malattia. Davvero non ne posso più. (*Si lascia cadere sulla sedia.*)

Scena XII

BERALDO, ARGANTE

BERALDO. Ebbene, fratello carissimo, come va? Come state?

ARGANTE. Ah! fratello mio, male male.

BERALDO. Come, «male»?

ARGANTE. Sì, mi sento così debole che non par vero.

BERALDO. Peccato, peccato davvero.

ARGANTE. Non ho neanche la forza di parlare.

BERALDO. Ero venuto, mio caro, a proporvi un partito per mia nipote Angelica.

ARGANTE (*parla con furia, alzandosi dalla sedia*). Sentite, Beraldo, non parlatemi di quella sfrontata! È una figlia indegna, un'impertinente, una sfacciata, che caccerò in un convento prima di due giorni!

BERALDO. Ma bene! Benissimo! Sono proprio contento che vi torni un po' di forza, e che la mia visita vi faccia bene. Orsù, parleremo dopo di affari. Vi ho portato qui un piccolo divertimento che ho trovato, che spero vi rallegrerà un poco e vi disporrà meglio l'animo a discutere di quello che dobbiamo. Sono certi zingari vestiti alla moresca, che fanno delle danze e cantano: sono sicuro che vi divertirete; e sarà sempre un po' meglio di una ricetta del signor Purgone. Su, via.

SECONDO INTERMEZZO

*Il fratello del malato immaginario gli fa vedere, per distrarlo, degli
zingari e zingare, vestiti alla moresca, che danzano e cantano.*

PRIMA DONNA MORA.

> Godete la gioia
> Degli anni più belli.
> Godete la gioia
> Degli anni più belli
> Della gioventù.
> Cedete agli assalti d'amore.

> Tutti i più gran piaceri,
> Senza il foco d'amore
> Per contentare il cuore,
> Piacer che valga o gioia in sé non hanno.

> Godete la gioia
> Degli anni più belli.
> Godete la gioia
> Degli anni più belli
> Della gioventù.
> Cedete agli assalti d'amore.
> Non perdete l'amor dei giorni belli.

> Passa la gioventù
> Con lei sen va bellezza;
> La gelida vecchiezza
> l'insegue, ohimè, da presso,
> Che di sì gran piacer ci toglie l'uso.

Godete la gioia
Degli anni più belli.
Godete la gioia
Degli anni più belli
Della gioventù.
Cedete agli assalti d'amore.

SECONDA DONNA MORA.

Che mai pensate
Se ci spronate
Folli, ad amar?
Troppo già il cuore
Verso l'amore
Vola da sé.
Amor ci attira
Con tai lusinghe
Che al primo assalto
Gli diamo il cuor.
Ma la fama terribile
Di quei crudei dolori,
Di quelle amare lacrime
Che, ohimè, strappa dai cor,
Ci fa esitanti e trepide:
Anche le sue dolcezze
Temibili ci fa.

TERZA DONNA MORA.

È dolce, nella prima gioventù,
Amar con passione
Un amante
Sicuro e fedele.
Ma s'egli è infedel, non sai tu,
Ohimè, qual tormento crudele?

146

QUARTA DONNA MORA.

> E nulla è il dolor per l'amante
> Che ti lascia e sen va:
> Il tormento
> Atroce e crudele
> È che seco porta l'amante
> Lontan la tua vita e il tuo cuor!

SECONDA DONNA MORA.

> E allor che far dei nostri
> Giovani cuori, ohimè?

QUARTA DONNA MORA.

> Dobbiam seguir l'amore
> Malgrado il suo rigore?

TUTTE INSIEME.

> Ebben sì, il nostro cuore
> Abbandoniamo all'onda
> > Delle sue gioie,
> > Dei suoi capricci,
> > Dei suoi languori!
> Per ogni aspro dolore
> Saran cento delizie,
> A inebbriarci il cor!

Entrata del balletto

Tutti i mori danzano insieme, facendo ballare delle scimmiette che hanno portato con sé.

ATTO TERZO

Scena I

BERALDO, ARGANTE, TONIETTA

BERALDO. Ebbene, mio caro fratello, che ne dite? Non val meglio d'una pozione di cassia?

TONIETTA. Hum! Se la cassia è buona, è buona.

BERALDO. Dunque, dunque! Volete che parliamo un po' assieme?

ARGANTE. Pazientate un momento, Beraldo: torno subito.

TONIETTA. Ma, signore, non vi ricordate più che non potete camminare senza bastone!

ARGANTE. È vero, è vero.

Scena II

BERALDO, TONIETTA

TONIETTA. Non abbandonate, per carità, la difesa di vostra nipote.

BERALDO. Userò tutti i mezzi per ottenerle quello che desidera.

TONIETTA. Bisogna assolutamente impedire questo matrimonio stravagante ch'egli si è messo in testa. Io avevo già pensato che sarebbe pur bello introdurre qui un qualche medico a modo nostro, per disgustarlo del suo signor Purgone e fargli fare brutta figura: ma siccome non ho nessuno sotto mano per il momento, ho deciso di fargli un tiro dei miei.

BERALDO. E come?

TONIETTA. È un'idea da commedia. Un'idea un po' arrischiata, ma forse andrà bene. Lasciate fare a me. Voi agite per conto vostro. Oh, eccolo.

Scena III

ARGANTE, BERALDO

BERALDO. Argante, prima di tutto vorrei chiedervi un favore: di non arrabbiarvi nella nostra discussione.

ARGANTE. Va bene, sarà fatto.

BERALDO. Di rispondere senza collera a tutti i miei argomenti.

ARGANTE. Ho detto di sì.

BERALDO. E di ragionare insieme sui nostri affari, spassionatamente, senza pregiudizi.

ARGANTE. Mio Dio, sì. Quanti preamboli!

BERALDO. Come mai, fratello mio, ricco come siete e senza figli all'infuori di questa (perché per ora non voglio contare la piccola), come mai, dico, parlate di metterla in convento?

ARGANTE. E come mai, fratello mio, io sono padrone in casa mia di fare quel che mi pare?

BERALDO. Vostra moglie non mancherà certo di consigliarvi di disfarvi così delle vostre due figlie; e io non dubito che, per pura e semplice carità cristiana, sarebbe felicissima di vederle monache tutte e due.

ARGANTE. Là! Là! Eccoci qui. Eccoci su quella povera donna. È lei che fa tutto il male, tutti ce l'hanno con lei.

BERALDO. Ebbene, fratello mio, lasciamo andare; è una donna che ha le migliori intenzioni del mondo per la vostra famiglia, che non segue per nulla il suo interesse, che ha per voi un amore straordinario e mostra per i vostri figli un'affezione e una bontà da non credere: questo è ben certo. Non parliamone più e ritorniamo a vostra figlia. Per quale idea volete dunque darla al figlio di un dottore?

ARGANTE. Per l'idea, caro Beraldo, di prendere un genero come mi conviene.

BERALDO. Ma non è quello che conviene a vostra figlia; e si è offerto un partito molto più adatto per lei.

ARGANTE. Sì, ma questo qui, fratello mio, è molto più adatto per me.

BERALDO. Ma il marito che lei prenderà deve essere per lei o per voi?

ARGANTE. Dev'essete, Beraldo caro, per lei e per me; e io voglio avere nella mia famiglia della gente che mi possa tornar utile.

BERALDO. E per questa bella ragione, se la minore fosse già grande, le dareste in marito un farmacista?

ARGANTE. E perché no?

BERALDO. Ma è mai possibile che voi siate innamorato dei vostri farmacisti e dei vostri dottori, e che vogliate esser sempre malato, a dispetto di voi stesso e della natura?

ARGANTE. Come sarebbe a dire, fratello mio?

BERALDO. Sarebbe a dire, Argante, che io non conosco nessuno che sia meno malato di voi, e che non potrei desiderare una costituzione più robusta della vostra. E la miglior prova che voi state bene e che avete un fisico perfetto è che con tutte le cure che avete fatto non siete ancora riuscito a rovinarvi la salute, e che non siete ancora crepato, con tutti i rimedi che vi han fatto prendere!

ARGANTE. Ma non sapete, dunque, che è proprio questo che mi conserva, e che il dottor Purgone dice che io morirei, se egli rimanesse soltanto tre giorni senza curarmi?

BERALDO. Se non state attento, vi curerà tanto bene che vi manderà all'altro mondo.

ARGANTE. Ma ragioniamo un po', Beraldo: dunque voi non credete proprio alla medicina?

BERALDO. No, caro mio; e non vedo proprio che, per la salute dell'anima nostra, sia necessario crederci.

ARGANTE. Come! Non volete credere a una scienza riconosciuta dal mondo intero, e che tutti i secoli passati hanno onorato e rispettato?

BERALDO. Ci credo così poco che la considero, tra noi, una delle più grandi follie degli uomini; e a guardar bene le cose da filosofo, trovo che è una gran ciarlataneria e che non c'è nulla di più ridicolo di un uomo che voglia pretendere di guarire un altro uomo.

ARGANTE. E perché mai volete che un uomo non possa guarire un altro uomo?

BERALDO. Per la ragione, fratello mio, che il funzionamento della nostra macchina è un mistero, almeno finora, e che gli uomini non ne sanno quasi nulla; e che la natura ci ha messo davanti agli occhi un velo troppo spesso perché noi possiamo riuscire a vederci chiaro.

ARGANTE. E i dottori allora, secondo voi, non sanno proprio nulla?

BERALDO. Niente, fratello mio! Sanno quasi tutti le belle lettere, sanno parlar bene il latino, sanno il nome greco di tutte le malattie, e le definiscono, e le classificano; ma, in quanto a guarirle, è proprio quello che non sanno.

ARGANTE. Ma bisognerà ben convenire che su questa materia i medici ne sapranno più degli altri.

BERALDO. Sanno, mio caro, tutto quello che vi ho detto, che non serve gran che a guarire; e tutta la loro scienza consiste in certi discorsi pomposi e confusi, in chiacchiere senza senso, in argomenti ciarlataneschi che voglion far passare per buone ragioni, in promesse che non mantengono mai.

ARGANTE. Ma infine, fratello caro, c'è pur della gente al mondo savia e intelligente quanto voi; e noi vediamo che, quando è malata, non si vergogna di ricorrere ai medici.

BERALDO. È una prova della debolezza umana, questa, e non già della bontà dell'arte medica.

ARGANTE. Ma i medici stessi crederan bene all'arte loro, poiché, all'occorrenza, se ne servono anch'essi.

BERALDO. Ce n'è di quelli che sono presi anche loro dallo stesso volgare errore di cui profittano; e degli altri che ne profittano senza crederci. Il vostro dottor Purgone, per esempio, non ci mette tanta finezza: lui è tutto medico, dalla testa ai piedi; è un uomo che crede alle sue regole più che a tutte le dimostrazioni matematiche, e pensa che sarebbe un delitto volerle soltanto discutere. E non vede nulla di oscuro, nella medicina, niente di dubbioso, niente di difficile: con la sua impetuosa prevenzione, con la sua rigida fiducia, senza il minimo senso comune, senza la più piccola ragione, distribuisce per dritto e per traverso purganti e salassi, non ha mai il minimo dubbio. Non bisogna prendersela con lui per tutto il male che vi potrà fare: vi farà crepare dritto dritto con la miglior buona fede del mondo; e uccidendovi vi tratterà come farebbe con sua moglie e ai suoi figli e a se stesso, se ce ne fosse il bisogno.

ARGANTE. Vedo bene, fratello mio, che avete della ruggine con lui. Ma, infine, veniamo al fatto. Che fare dunque quando si è malati?

BERALDO. Niente, caro fatello.

ARGANTE. Niente?

BERALDO. Niente. Basta riposare un po'. La natura, di solito, quando la lasciamo fare, si rimette pian piano a posto dopo quel primo disordine. È la nostra inquietudine, è la nostra impazienza, che guastano tutto; e quasi sempre gli uomini muoiono per i rimedi che han preso, e non per la malattia.

ARGANTE. Ma bisognerà ben convenire, fratello mio, che è possibile aiutare anche la natura con certi rimedi.

BERALDO. Mio Dio, caro Argante, sono delle idee di cui noi amiamo contentarci; e in tutti i tempi gli uomini hanno sempre avuto queste belle illusioni, che noi stessi abbiamo, perché ci lusingano, e sarebbe pur bello che fossero vere. Quando un dottore vi parla di aiutare, di soccorrere, di sollevare la natura, di toglier di mezzo ciò che le nuoce e di aggiungerle ciò che le manca, di ristabilirla, di rimetterla nel pieno uso delle sue funzioni; quando vi parla di temperare il sangue, di purgare le viscere e il cervello, di decongestionare la milza, di raccomodarvi lo stomaco, di ristorare il fegato, di rinforzare il cuore, di ristabilire e conservare il calor naturale, e vi dice di conoscere dei segreti per allungare la vita di molti anni, vi fa, chiaro e tondo, il romanzo della medicina. Ma quando venite alla verità e all'esperienza non trovate poi un bel nulla; e sarà come uno di quei bei sogni che ci lasciano, al risveglio, soltanto il dispiacere di averci creduto.

ARGANTE. Vale a dire che tutta la scienza del mondo è rinchiusa nella vostra testa e voi volete saperla più lunga di tutti i grandi medici del nostro secolo.

BERALDO. Dalle parole ai fatti, i vostri gran dottori cambiano completamente persona. Se li sentite parlare, sono i dottori più abili del mondo; se li vedete agire, diventano i più ignoranti degli uomini.

ARGANTE. Ma sì! Voi siete proprio un gran dottore, a quel che sento: ma vorrei bene che ci fosse qualcuno di quei signori per controbattere le vostre ragioni e farvi un poco abbassare le ali.

BERALDO. Io, caro Argante, mi guardo bene dal combattere la medicina; ciascuno, a suo rischio e pericolo, può credere a tutto quello che vuole. Questo è detto soltanto tra noi, e vorrei riuscire a togliervi un poco dal vostro errore e, per distrarvi, vi porterei per esempio a vedere, a questo proposito, qualche commedia di Molière.

ARGANTE. È un bello sfacciato, quel vostro Molière, con le sue commedie! E io lo trovo ben stupido, a prendere in giro, come fa, della brava gente come i dottori!

BERALDO. Non son mica i dottori che lui prende in giro, ma le ridicolaggini della medicina.

ARGANTE. Sta proprio a lui pretendere di riveder le bucce alla medicina! È un bello sciocco, un bell'impertinente, burlarsi dei consulti e delle ricette, prendersela con l'ordine dei medici e metter sulla scena delle persone venerabili come loro!

BERALDO. Che volete che ci metta, se non le diverse professioni degli uomini? Vediamo bene tutti i giorni dei principi e dei re, sulla scena, che saranno di buona famiglia almeno quanto i vostri dottori!

ARGANTE. Morte di Giuda! Diavolo, diavolo! Se io fossi un dottore, mi vendicherei della sua impertinenza; e quando fosse malato, lo lascerei morire senza soccorso. Avrebbe un bel fare e un bel dire: non gli ordinerei neanche il minimo salasso, neanche il più piccolo clistere, e gli direi: «Crepa, crepa! Così imparerai un'altra volta a prendere in giro la Facoltà!».

BERALDO. Siete molto in collera con lui.

ARGANTE. Sì. È uno sconsigliato. E se i dottori avranno un po' di giudizio, faranno come dico io.

BERALDO. Ma lui avrà più giudizio ancora dei vostri dottori, perché non si rivolgerà mai a loro per aiuto.

ARGANTE. Peggio per lui, se non vorrà rimedi!

BERALDO. Ha le sue buone ragioni per non volerne, e sostiene che certi rimedi li posson prendere soltanto quelli sani e forti, che sono abbastanza robusti per sopportare anche le medicine oltre la malattia; ma che lui, per conto suo, ha giusto le forze che gli occorrono per sopportare il suo male.

ARGANTE. Che belle ragioni! Guardate, Beraldo, non parliamo più di questo uomo; perché mi fa venire la bile e finirei per star male.

BERALDO. Ebbene, lasciamo andare, fratello mio. E, per cambiare discorso, vi dirò che, per una piccola ripugnanza che manifesta vostra figlia, voi non dovete lasciarvi andare fino a questa decisione così severa di metterla in convento; che, per la scelta di un genero, non bisogna seguire ciecamente questa vostra fissazione, ma si deve, su questa materia, contentare anche un poco la ragazza, dato che qui si decide per tutta la vita e che dalla scelta può dipendere tutta la felicità del matrimonio.

Scena IV

IL SIGNOR FIORANTE (*con un clistere in mano*), ARGANTE,
BERALDO

ARGANTE. Col vostro permesso, fratello caro...

BERALDO. Come, che volete fare?

ARGANTE. Prendermi quel piccolo clistere: l'affare d'un
minuto.

BERALDO. Voi scherzate. Possibile che non possiate stare un
minuto senza lavativi e senza purghe? Rimandatelo pure
a un'altra volta, e statevene un po' tranquillo.

ARGANTE. Signor Fiorante, sarà per questa sera, o per
domani mattina.

IL SIGNOR FIORANTE (*a Beraldo*). In cosa v'immischiate voi
che osate opporvi agli ordinamenti della medicina e
impedire al signore di prendere il mio clistere? Mi meraviglio che abbiate tanto ardimento!

BERALDO. Via, via, signore; si vede che non siete abituato a
parlare a degli uomini!

IL SIGNOR FIORANTE. Non è permesso prendersi gioco, così,
dei rimedi e farmi perdere tempo per nulla! Io sono
venuto soltanto dietro prescrizione del dottore; e vado
subito a dire al dottor Purgone come mi si è impedito di
eseguire i suoi ordini e di compiere il mio uffico. Vedrete, vedrete...

Scena V

ARGANTE, BERALDO

ARGANTE. Beraldo, Beraldo, voi farete capitare qualche
disgrazia!

BERALDO. Gran disgrazia, non prendere un lavativo ordinato dal signor Purgone! Ancora una volta, Argante, è mai
possibile che non ci sia mezzo di guarirvi dalla malattia
delle medicine, e che voi vogliate passar tutta la vostra
vita fra rimedi e dottori?

ARGANTE. Dio mio! Voi parlate come uno che sta bene. Ma se foste al mio posto, cambiereste presto discorso. È troppo facile parlare contro la medicina, quando si è sani e robusti.

BERALDO. Ma insomma, che male avete voi?

ARGANTE. Mi farete arrabbiare! Vorrei che l'aveste voi, il mio male, per vedere se chiacchierereste tanto. Ah!, ecco il dottor Purgone.

Scena VI

IL SIGNOR PURGONE, ARGANTE, BERALDO, TONIETTA

IL SIGNOR PURGONE. Ne ho sentite di belle, giù alla porta. Benissimo! Ora ci si fa beffe delle mie prescrizioni e si rifiuta persino un rimedio da me stesso ordinato!

ARGANTE. Signore, non crediate...

IL SIGNOR PURGONE. Ma sapete che è un bell'ardimento questa strana ribellione di un malato contro il suo medico!

TONIETTA. Roba da far spavento!

IL SIGNOR PURGONE. Un clistere che mi ero compiaciuto di comporre io stesso!

ARGANTE. Ma non sono io che...

IL SIGNOR PURGONE. Escogitato e combinato con tutte le regole dell'arte.

TONIETTA. È incredibile!

IL SIGNOR PURGONE. E che doveva fare nelle viscere un effetto meraviglioso!

ARGANTE. Mio fratello...

IL SIGNOR PURGONE. Rifiutarlo con dispregio!

ARGANTE. Ma è lui che...

IL SIGNOR PURGONE. È un'azione esorbitante!

TONIETTA. Peggio che peggio!

IL SIGNOR PURGONE. Un attentato enorme contro la medicina.

ARGANTE. È lui la causa...

IL SIGNOR PURGONE. Un crimine di lesa Facoltà, che non potrà mai essere abbastanza punito!

TONIETTA. Bravo, avete ragione.

IL SIGNOR PURGONE. Vi dichiaro che rompo ogni relazione con voi.

ARGANTE. Ma è mio fratello...

IL SIGNOR PURGONE. Tra noi tutto è finito.

TONIETTA. E farete bene!

IL SIGNOR PURGONE. E per troncare del tutto ogni rapporto con voi, ecco qui la donazione che facevo a mio nipote per il suo matrimonio! (*Strappa la donazione.*)

ARGANTE. Ma è mio fratello che è la causa di tutto!

IL SIGNOR PURGONE. Disprezzare il mio clistere!...

ARGANTE. Fatelo venire, lo prenderò subito.

IL SIGNOR PURGONE. Vi avrei guarito in quattro e quattr'otto!

TONIETTA. Non lo merita più!

IL SIGNOR PURGONE. Avrei ripulito il vostro corpo e liberato completamente dagli umori maligni...

ARGANTE. Ah! Beraldo, Beraldo!

IL SIGNOR PURGONE. Mi bastavano dieci o dodici medicine ancora per vuotare il sacco...

TONIETTA. È indegno delle vostre cure!

IL SIGNOR PURGONE. Ma poiché non volete che io vi guarisca...

ARGANTE. Ma non è colpa mia!

IL SIGNOR PURGONE. Poiché vi siete sottratto alla doverosa obbedienza verso il vostro medico....

TONIETTA. Vendetta, vendetta!

IL SIGNOR PURGONE. Poiché vi siete dichiarato ribelle ai rimedi che vi ordino...

ARGANTE. Ma niente affatto!

IL SIGNOR PURGONE. Vi dirò che vi abbandono alla vostra cattiva costituzione, ai disordini delle vostre viscere, alla corruzione del vostro sangue, all'acidità della vostra bile, alla corpulenza dei vostri umori...

TONIETTA. Ben fatto, ben fatto!

ARGANTE. Ah, mio Dio!

IL SIGNOR PURGONE. E voglio che prima di quattro giorni voi diveniate completamente incurabile...

ARGANTE. Misericordia!

IL SIGNOR PURGONE. Che voi cadiate nella bradipepsia...

ARGANTE. Signor Purgone!

IL SIGNOR PURGONE. Dalla bradipepsia alla dispepsia...

ARGANTE. Signor Purgone!

IL SIGNOR PURGONE. Dalla dispepsia all'apepsia...

ARGANTE. Signor Purgone!

IL SIGNOR PURGONE. Dall'apepsia nella lienteria...

ARGANTE. Signor Purgone!

IL SIGNOR PURGONE. Dalla lienteria alla dissenteria...

ARGANTE. Signor Purgone!

IL SIGNOR PURGONE. Dalla dissenteria all'idropisia...

ARGANTE. Signor Purgone, grazia!

IL SIGNOR PURGONE. E dall'idropisia alla privazione di vita, dove sarete condotto dalla vostra follia!

Scena VII

ARGANTE, BERALDO

ARGANTE. Mio Dio, mio Dio! Sono morto... Fratello, voi m'avete rovinato!

BERALDO. Come! Che c'è?

ARGANTE. Non ne posso più. Già sento che la medicina si vendica.

BERALDO. Ma, Argante, voi siete pazzo; e non vorrei per tutto l'oro del mondo che la gente vi vedesse in questo stato! Toccatevi un po', vi prego, datevi un pizzicotto; ritornate in voi stesso e non lasciatevi trascinare da certe fantasie.

ARGANTE. Ma avete ben sentito, Beraldo, le terribili malattie di cui mi ha minacciato!

BERALDO. Siete un bel semplicione!

ARGANTE. Ha detto che sarò incurabile prima di quattro giorni!...

BERALDO. E quello che ha detto come potrebbe mutare la realtà? È forse un oracolo che parla? Sembrerebbe, a sentirvi, che il signor Purgone tenga nelle sue mani il filo della vostra vita e che, a suo sommo beneplacito, ve lo allunghi e ve lo accorci come gli pare. Ma pensate che i principi della vostra vita sono in voi stesso, e che i furori del signor Purgone sono così poco efficaci a farvi morire quanto i suoi rimedi a farvi vivere. Anzi, sarà una bella occasione, se voi volete, per disfarvi una volta per sempre dei medici; o, se proprio non potete farne a meno, sarà ben facile trovarne un altro col quale, mio povero fratello, voi non siate esposto a tanti pericoli.

ARGANTE. Ah! Beraldo, egli conosce la mia complessione e la maniera con cui mi si deve curare...

BERALDO. Bisogna pur dire che siete un uomo pieno di pregiudizi, e che vedete le cose proprio in nero.

Scena VIII

ARGANTE, BERALDO, TONIETTA

TONIETTA. Signore, c'è di là un medico che chiede di vedervi.

ARGANTE. E qual medico?

TONIETTA. Un medico della medicina!

ARGANTE. Io ti chiedo chi è.

TONIETTA. Non lo so, non lo conosco, ma mi assomiglia come due gocce d'acqua, e, se non fossi ben sicura che mia madre era proprio una donna onesta, direi che sia qualche fratellino che mi ha regalato dopo la more di mio padre...

ARGANTE. Fallo un po' venire.

Scena IX

ARGANTE, BERALDO

BERALDO. Eccovi servito. Un medico vi lascia e un altro si presenta.

ARGANTE. Ho proprio paura che mi farete capitare qualche disgrazia.

BERALDO. Ancora? Siete sempre lì!

ARGANTE. Vedete, ho sulla coscienza tutte quelle malattiacce che non avevo mai sentito neppur nominare: quelle malattie che...

Scena X

ARGANTE, BERALDO, TONIETTA (*travestita da dottore*)

TONIETTA. Signore, compiacetevi ch'io venga a farvi visita e a offrirvi i miei servigi per tutti i salassi e le purghe di cui potrete aver bisogno.

ARGANTE. Obbligatissimo. Perbacco, è Tonietta in persona!

TONIETTA. Signore, vi prego di scusarmi: ho dimenticato di dare un incarico al mio servitore; ritorno subito.

Scena XI

ARGANTE, BERALDO

ARGANTE. Eh! Non direste che è proprio Tonietta?

BERALDO. È vero che la rassomiglianza è grandissima, ma non è la prima volta che si son visti di questi fenomeni, e la storia è ricchissima di questi scherzi di natura.

ARGANTE. Per me ne son proprio stupito, e...

Scena XII

TONIETTA (*ha smesso l'abito da medico così rapidamente che è difficile credere che il medico fosse lei*). Desiderate, signore?

ARGANTE. Come?

TONIETTA. Non m'avete chiamato?

ARGANTE. Io? No.

TONIETTA. Allora mi avran fischiato le orecchie.

ARGANTE. Resta un po' qui, che vediamo come ti somiglia questo dottore.

TONIETTA (*borbotta, uscendo*). Sì, proprio! Ho da fare di là, e per me l'ho visto abbastanza.

Scena XIII

ARGANTE, BERALDO

ARGANTE. Se non li vedessi tutti e due, crederei proprio che sono la stessa persona.

BERALDO. Ho letto delle cose sorprendenti su questi casi di rassomiglianza, e noi stessi ne abbiamo veduti, ai nostri giorni, da ingannare il mondo intero.

ARGANTE. Io questa volta mi sarei proprio ingannato, e avrei giurato che era la stessa persona.

Scena XIV

ARGANTE, BERALDO, TONIETTA (*travestita da dottore*)

TONIETTA. Signore, vi chiedo mille scuse.

ARGANTE. È proprio straordinario.

TONIETTA. Voi accetterete di buon grado, se volete, la mia curiosità di vedere un illustre malato come voi; e la vostra fama, che è corsa dappertutto, varrà a farmi perdonare la libertà che mi son preso.

ARGANTE. Obbligatissimo, signore, obbligatissimo!

TONIETTA. Voi mi guardate fisso, signore. Che età credete che io possa avere?

ARGANTE. Mah! Potreste avere ventisei o ventisette anni.

TONIETTA. Ah! ah! ah! ah! ah! Ne ho novanta.

ARGANTE. Novant'anni!

TONIETTA. Sì. È un effetto dei segreti meravigliosi della mia arte conservarmi così fresco e vigoroso.

ARGANTE. In fede mia, ecco un vecchietto ben giovane per novant'anni!

TONIETTA. Io sono dottore di passaggio, e vado di città in città, di provincia in provincia, di reame in reame per cercare degli illustri soggetti per la mia capacità: per trovare dei malati degni della mia attenzione, sui quali possa applicare i grandi e bellissimi segreti che ho trovato nella medicina. Io disdegno di giocherellare con le solite robettine di malattie ordinarie, con quelle bagattelle di reumatismi, di flussioni, con quelle febbriciattole, debolezze, emicranie. Io voglio delle malattie d'importanza, delle buone febbri continue con trasporti al cervello, delle buone scarlattine, delle buone pesti bubboniche, delle buone idropisie bene avanzate, delle buone pleuriti con polmoniti: è lì che mi compiaccio, è lì che trionfo! E vorrei, signore, che voi aveste tutte queste malattie che io ho detto, che foste abbandonato da tutti i medici, disperato, ridotto all'agonia: per dimostrarvi tutta l'eccellenza dei miei rimedi e il sommo desiderio che io ho di rendermi utile.

ARGANTE. Vi sono obbligatissimo, signore, dell'interesse che avete per me.

TONIETTA. Datemi un po' il vostro polso. Olà, battiamo un po' come si deve! Ah sì, eh? Vi farò ben andar io a dovere. Perbacco! Questo polso mi fa l'impertinente. Vedo bene che non mi conoscete ancora. Chi è il vostro medico?

ARGANTE. Il dottor Purgone.

TONIETTA. Purgone... Questo nome non c'è sui miei elenchi dei grandi medici. Che malattia dice che avete?

ARGANTE. Dice che ho male al fegato, e altri dicono che ho male alla milza.

TONIETTA. Son tutti ignoranti. Voi siete ammalato al polmone.

ARGANTE. Al polmone?

TONIETTA. Sì. Cosa vi sentite?

ARGANTE. Mi sento di tanto in tanto dei dolori di testa.

TONIETTA. Giusto, il polmone.

ARGANTE. E mi sembra certe volte di avere un velo davanti agli occhi.

TONIETTA. Il polmone.

ARGANTE. E certe volte sento male al cuore.

TONIETTA. Il polmone.

ARGANTE. Una stanchezza per tutte le membra.

TONIETTA. Il polmone.

ARGANTE. E qualche volta mi vengono dei dolori di ventre come se fossero coliche.

TONIETTA. Il polmone. Avete appetito quando mangiate?

ARGANTE. Sì, signore.

TONIETTA. Il polmone. Bevete volentieri un po' di vino?

ARGANTE. Sì, signore.

TONIETTA. Il polmone. Non vi vien mica sonno dopo mangiato, e non dormite allora volentieri?

ARGANTE. Sì, signore.

TONIETTA. Il polmone, il polmone vi dico! Cosa vi ordina il vostro medico per nutrirvi?

ARGANTE. Mi ordina della minestra.

TONIETTA. Ignorante!

ARGANTE. Della cacciagione.

TONIETTA. Ignorante!

ARGANTE. Del vitello.

TONIETTA. Ignorante!

ARGANTE. Dei brodini.

TONIETTA. Ignorante!

ARGANTE. Uova fresche.

TONIETTA. Ignorante!

ARGANTE. E la sera le prugne come lassativo.

TONIETTA. Ignorante!

ARGANTE. E soprattutto di bere il vino molto annacquato.

TONIETTA. *Ignorantus, ignoranta, ignorantum.* Dovete bere soltanto vino puro; e, per rinforzarvi il sangue che è troppo sottile, bisogna mangiare della buona carne di bue, del buon porco, del buon formaggio d'Olanda; orzo e riso, castagne e fave, per fare un bel pastone e conglutinare! Il vostro dottore è una bestia. Voglio mandarvene io uno dei miei; e verrò a vedervi di tanto in tanto, finché sarò in questa città.

ARGANTE. Grazie, vi sarò obbligatissimo.

TONIETTA. Eh... ma che ne fate di quel braccio?

ARGANTE. Come?

TONIETTA. Ecco un braccio che io, se fossi in voi, mi farei tagliar subito.

ARGANTE. E perché?

TONIETTA. Ma non vedete che tira a sé e assorbe da sé solo tutto il nutrimento, e che impedisce l'altra parte del corpo di approfittarne?

ARGANTE. Sì, ma il mio braccio mi fa comodo!

TONIETTA. E anche quell'occhio destro lì io me lo farei cavare, se fossi al vostro posto!

ARGANTE. Cavarmi un occhio?

TONIETTA. Sì, non vedete che disturba l'altro e gli sottrae il nutrimento? Credete a me, fatevelo cavare al più presto: ci vedrete molto meglio con l'occhio sinistro.

ARGANTE. Non c'è fretta, però.

TONIETTA. Addio. Mi spiace di dovervi lasciare così presto, ma bisogna che mi trovi a un grande consulto che si deve fare per un uomo che è morto ieri.

ARGANTE. Per un uomo che è morto ieri?

TONIETTA. Sì, per discutere e vedere cosa si sarebbe dovuto fare per guarirlo. Arrivederci.

ARGANTE. Scusatemi: voi sapete che i malati non accompagnano.

Scena XV

BERALDO. Ecco un medico, perbacco, che mi sembra molto bravo!

ARGANTE. Sì, ma va un po' svelto.

BERALDO. Tutti i grandi dottori sono così.

ARGANTE. Tagliarmi un braccio e cavarmi un occhio perché l'altro stia meglio! Preferisco che non stiano tanto bene ma si trovino al loro posto. Bell'operazione, farmi diventar monco e cieco!

Scena XVI

ARGANTE, BERALDO, TONIETTA

TONIETTA. Sì, sì, serva umilissima. Non ho proprio voglia di scherzare!

ARGANTE. Che c'è, che c'è?

TONIETTA. Quel vostro dottore, un bel tipo, mi voleva tastare il polso!

ARGANTE. Ma guarda un po', a novant'anni!

BERALDO. Dunque, Argante, poiché il vostro Purgone l'ha rotta con voi, non volete sentir parlare del nuovo partito che si offre per mia nipote?

ARGANTE. No, caro fratello: voglio metterla in convento, poiché s'è voluta opporre alla mia volontà. Vedo bene che c'è sotto qualche passioncella, e ho saputo di una certa visita misteriosa che loro non sanno che io abbia scoperta.

BERALDO. Ebbene, fratello mio, quand'anche ci fosse qualche piccola inclinazione, sarebbe forse un delitto? E volete prendervela per il resto, quanto tutto tende soltanto a un fine onestissimo come il matrimonio?

ARGANTE. Sia come vuol essere, mio caro Beraldo, la voglio far monaca, è cosa ormai decisa.

BERALDO. Voi volete far piacere a qualcuno.

ARGANTE. Capisco. Voi tornate sempre lì: è mia moglie che vi sta sul cuore.

BERALDO. Ebbene, sì, se dobbiamo parlar chiaro, voglio dire proprio di vostra moglie: tal quale come la medicina, io non posso soffrire la fissazione che avete per lei, e vedervi buttare a occhi chiusi in tutte le reti che lei vi prepara.

TONIETTA. Ah! signore, non parlate della signora: è una donna sulla quale non c'è niente da dire, una donna incapace di menzogne, e che ama il signore, che l'ama... Non si può nemmeno dir come.

ARGANTE. Domandatele un po' con quanta tenerezza mi tratta.

TONIETTA. È verissimo.

ARGANTE. Le inquietudini e le preoccupazioni che ha per la mia malattia.

TONIETTA. Sicuro, sicuro.

ARGANTE. Le cure e le premure che ha per me.

TONIETTA. Proprio così. (*A Beraldo*) Volete, signore, che vi convinca e vi faccia veder subito l'amore della signora per il mio padrone? (*Ad Argante*) Signore, lasciate un po' che gli apra gli occhi e che gli mostri il suo errore.

ARGANTE. E in qual modo?

TONIETTA. La signora sta per ritornare. Mettetevi ben disteso su quel sofà e fate finta di esser morto. Vedrete che dolore quando le darò la triste novella.

ARGANTE. Sì, sì, proviamo.

TONIETTA. Ma badate di non lasciarla troppo a lungo nella disperazione, perché potrebbe anche morirne...

ARGANTE. No, no: lascia fare.

TONIETTA (*a Beraldo*). Voi nascondetevi qui, in quest'angolo.

Scena XVII

ARGANTE, TONIETTA

ARGANTE. Ma non ci sarà pericolo a fingersi morto?

TONIETTA. No, no. Che pericolo volete che ci sia? Stende-
tevi pure qui. (*Piano*) Faremo proprio restar male vostro
fratello. Ecco la signora. State ben fermo!

Scena XVIII

BELINDA, ARGANTE, TONIETTA

TONIETTA (*urlando*). Oh! Dio! Dio, che disgrazia! che disgrazia, così, all'improvviso!

BELINDA. Che c'è, Tonietta?

TONIETTA. Oh! signora!

BELINDA. Ma che c'è?

TONIETTA. Vostro marito è morto!

BELINDA. Mio marito è morto?

TONIETTA. Oh! sì: il povero defunto è trapassato!

BELINDA. Proprio sicuro?

TONIETTA. Sicurissimo. Nessuno lo sa ancora, e io mi son
trovata per caso qui da sola. È morto ora nelle mie braccia. Guardate, eccolo là lungo e tirato su quel divano.

BELINDA. Il Cielo sia lodato! Finalmente son libera da questo peso. Quanto sei stupida, Tonietta, a prendertela
così!

TONIETTA. Io credevo che bisognasse piangere, signora...

BELINDA. Va', va', non ne val proprio la pena. Che perdita è
mai questa? E cosa ci stava a fare al mondo? Un uomo
incomodo a tutti, sporco, ripugnante, sempre con qualche clistere o con qualche purga nella pancia, sempre lì a
sternutire, a tossire, a sputare; senza spirito, noioso, di
cattivo umore, che tormentava continuamente tutti e
sgridava notte e giorno serve e servitori.

TONIETTA. Ecco una bella orazione funebre!

BELINDA. Senti, Tonietta, bisogna che tu m'aiuti a eseguire un mio progetto; e puoi credere che, se lo fai, la tua ricompensa è sicura. Visto che, per fortuna, nessuno s'è accorto di nulla, portiamolo nel suo letto e teniamo nascosta la sua morte sino a che io non abbia messo in ordine i fatti miei. Ci son delle carte, ci son dei denari di cui io mi voglio impadronire, e non è giusto che abbia passato senza frutto presso di lui i miei anni più belli. Su, Tonietta, cominciamo col prendere le chiavi.

ARGANTE (*alzandosi bruscamente*). Piano! piano!

BELINDA (*sorpresa e sgomenta*). Oh!!!...

ARGANTE. Brava, signora moglie, è così che mi amate?

TONIETTA. Ah! ah! il defunto non è morto!

ARGANTE (*a Belinda, che fugge dalla stanza*). Son proprio contento di veder l'amor vostro e di avere inteso il bel panegirico che avete fatto di me... Ecco un «avviso al lettore» che mi renderà saggio per l'avvenire e mi consiglierà di tralasciare certi progetti!

Scena XIX

BERALDO (*uscendo dal suo nascondiglio*), ARGANTE, TONIETTA

BERALDO. Ebbene, fratello, avete visto.

TONIETTA. Dio, Dio, proprio non avrei mai creduto! Ma ecco vostra figlia. Rimettetevi un po' giù come prima, e vediamo in qual maniera accoglierà lei la notizia. Se si possono sapere certe cose non è mai male, e, visto che siete in ballo, saprete così veramente i sentimenti della vostra famiglia verso di voi.

Scena XX

ARGANTE, ANGELICA, TONIETTA

TONIETTA (*urlando*). O Cielo! Oh! Oh! Oh! Che tremenda disgrazia! Che terribile giornata!

ANGELICA. Che hai, Tonietta, che ti lamenti così!

TONIETTA. Ohimè! Ho una ben brutta notizia da darvi.

ANGELICA. Quale?

TONIETTA. Vostro padre è morto.

ANGELICA. Mio papà è morto?

TONIETTA. Sì. Eccolo lì. È morto or ora: gli è venuto un attacco.

ANGELICA. Cielo! Che sventura! Me infelice! Oh! Oh! Ho dunque perduto mio padre: la sola persona che mi restava al mondo. E ancora, per colmo di disperazione, è proprio morto in un momento in cui era irritato contro me! Che farò, povera me? Com'è possibile che io mi consoli mai?

Scena XXI

ARGANTE, ANGELICA, CLEANTE, TONIETTA

CLEANTE. Che avete dunque, bella Angelica? Per qual disgrazia piangete?

ANGELICA. Ohimè! Piango la perdita di quanto avevo di più caro e di più prezioso: piango la morte di mio padre.

CLEANTE. Dio, che sventura! Che colpo improvviso! Ohimè! Dopo la domanda che vostro zio doveva fare per me, venivo qui per presentarmi a lui, e far di tutto, con suppliche e preghiere, per disporre il suo cuore a concedervi all'amor mio.

ANGELICA. Oh! Cleante, non parliamone più! Lasciamo ogni pensiero di matrimonio. Dopo la morte di mio padre, non voglio più neppure io restar in vita: vi rinunzio per sempre. Sì, padre mio, ho resistito alla vostra volontà e voglio ora seguire almeno una delle vostre intenzioni, e riparare così al dolore che mi accuso di avervi cagionato. Accettate, padre mio, la mia promessa, e lasciate che vi abbracci per testimoniarvi il mio strazio.

ARGANTE. Figlia mia cara!

ANGELICA. Ah!...

ARGANTE. Vieni. Non aver paura, non sono morto. Ah, tu sei proprio mia figlia, e sono felice di aver visto il tuo cuore!

Scena XXII

ARGANTE, BERALDO, ANGELICA, CLEANTE, TONIETTA

ANGELICA. Dio, quale sorprendente felicità!... Padre mio, poiché per colmo di fortuna non siete morto, e il Cielo vi restituisce all'amor mio, permettete che mi getti ai vostri piedi per supplicarvi di una cosa. Se non siete favorevole al mio amore, se mi rifiutate Cleante come sposo, vi scongiuro di non obbligarmi a sposare un altro. È tutta la grazia che vi chiedo.

CLEANTE (*buttandosi in ginocchio*). Oh! signore, lasciatevi commuovere dalle sue preghiere e dalle mie, e non opponetevi al nostro amore, a un affetto così profondo.

BERALDO. Argante, e voi potete resistere a ciò?

TONIETTA. Signore, resterete insensibile a tanto amore?

ARGANTE. Che si faccia medico, e io consentirò al matrimonio. (*A Cleante*) Sì, diventate dottore e io vi darò mia figlia.

CLEANTE. Ma volentieri, signore. Se basta questo per essere vostro genero, io mi farò dottore, farmacista anche, se volete. Se è soltanto questo che ci vuole... farei ben altro per ottenere Angelica!

BERALDO. Sentite, Argante, mi viene un'idea. Fatevi dottore voi stesso. La comodità sarà ancora maggiore, di avere in voi tutta la scienza che vi occorre.

TONIETTA. Giustissimo. È il vero mezzo di guarirvi senz'altro: non c'è malattia che abbia tanta audacia da prendersela con un dottore.

ARGANTE. Mi sembra che voi vogliate scherzare alle mie spalle? Potrei dunque mettermi a studiare io, alla mia età?

BERALDO. Studiare? Ma voi ne sapete fin troppo; e ci sono molti dottori che non la sanno più lunga di voi.

ARGANTE. Ma bisogna saper parlare bene in latino, conoscere le malattie e tutti i rimedi...

BERALDO. Ma ricevendo l'abito e il berretto, tutta l'uniforme da dottore, imparerete ogni cosa d'un tratto; e diventerete bravo fin che vorrete.

ARGANTE. Come? Si sa discorrere su tutte le malattie quando si ha quell'abito?

BERALDO. Certamente. Basta portare vestiti da dottore e ogni sciocchezza diventa una buona ragione, e ogni pasticcio un discorso profondo e chiarissimo.

TONIETTA. Guardate, signore, basterebbe la vostra barba, è già molto: la barba conta per più della metà in un dottore.

CLEANTE. Ma, in ogni caso, ci sono io che sono pronto...

BERALDO. Volete che combiniamo subito, qui?

ARGANTE. Come, subito?

BERALDO. Sì, qui nella vostra casa.

ARGANTE. In casa mia?

BERALDO. Conosco una Facoltà di miei amici che verrà subito a far la cerimonia nel vostro salone. Non vi costerà nulla.

ARGANTE. Ma io... cosa dovrò dire? Cosa risponderò?

BERALDO. Vi s'istruirà in due parole, vi daremo per iscritto quello che dovete dire. Suvvia, andate a vestirvi un po' bene. Io li mando a chiamare.

ARGANTE. Ebbene, vediamo un po'.

Scena XXIII

BERALDO, ANGELICA, CLEANTE, TONIETTA

CLEANTE. Che volete dire: cos'è questa Facoltà di vostri amici?

TONIETTA. Cosa volete fare?

BERALDO. Semplicemente divertirci un po', questa sera. Dei commedianti hanno recitato poco fa un breve intermezzo, di uno che si addottora in medicina, con danze e musica: voglio che ci godiamo insieme questo spettacolo e che mio fratello reciti lui la parte principale.

ANGELICA. Ma, zio, mi sembra che voi vogliate divertirvi un po' troppo alle spalle del papà.

BERALDO. Ma divertendoci non facciamo altro che contentarlo nelle sue fantasie! La cosa resterà tra noi. Potremmo anche assumere ciascuno un personaggio e recitare così gli uni per gli altri. Il carnevale autorizza questo e altro. Su, andiamo a preparar tutto!

CLEANTE (*ad Angelica*). Ci state, Angelica?

ANGELICA. Sì, se mio zio ci guida.

TERZO E ULTIMO INTERMEZZO

Cerimonia burlesca di un uomo che è fatto medico, con recitativo, canto e danza. Vari mastri di scena vengono a preparare la sala con banchi e paramenti, a tempo di musica. Dopo di che tutta l'assemblea, composta di otto portatori di siringa, sei apotecari, ventidue dottori, l'allievo che è fatto medico, otto chirurghi che danzano e due che cantano, entra e prende posto, ciascuno secondo il suo grado.

Entrata del balletto

PRAESES.
      Sapientissimi doctores,
      Medicinae professores,
      Qui hic radunati estis;
      Et vos, altri monsignores,
      Sententiarum facultatis
      Fideles executores,
   Chirurgensi e apoticari,
  Atque tota compagnia,
      Salus onor et denarium
      Atque bonum appetitum.

      Non possum, docti confratres,
      In me satis admirari
      Qualis bona inventione,
      Est medici professione,
   Quam bella chosa est et bene trovata,
   Medicina illa benedicta,

Quae, suo nomine solo,
Surprendenti miraculo,
Dapoi si longo tempore
Facit a ufum vivere
Tanta gente omni genere!

Per totam terra videmus
Grandam vogam ubi sumus;
Et quod grandes et piccolini
Sunt de nobis infatuati.
Totus mundus, currens ad nostros remedios
Nos respectat sicut deos;
Et nostris ordinationibus
Principes et reges submissos videtis.

Spectat nunc nostrae sapientiae,
Bono sensui atque prudentiae,
Fortemente laborare
Ad nos bene conservare
In tali credito, voga, et honore;
Et badare ad non recipere
In nostro docto corpore
Quam personas capabiles,
Et totas dignas tenere
Has sedias honorabiles.

Et per hoc nunc voc convoco.
Et credo quod trovabitis
Dignam materiam medici
In illo sapientissimo homine;
Qualem, in chosis omnibus,
Dono ad interrogandum,
Et a fondo examinandum
Vostris capacitatibus.

PRIMUS DOCTOR. Si mihi licentiam dat dominus praeses,
Et tanti docti doctores,
Et assistentes illustres,
Al sapiente bacheliero,
Quem existimo et honoro

Demandabo causam et rationem quare
Opium facit dormire.

BACHELIERUS.   Mihi a docto doctore
Demandatur causa et rationem quare
Opium facit dormire.
            Ad quod respondeo,
            Quia est in eo
            Virtus dormitiva,
            Cuius est natura
            Sensus assopire.

CHORUS.   Bene, bene, bene, bene respondere.
Dignus, dignus est intrare
In nostro docto corpore.
Bene, bene, respondere.

SECUNDUS DOCTOR.   Cum permissione domini praesidis,
Doctissimae facultatis,
Et totius his nostris actis
Compagniae assistentis,
Demandabo tibi, docte bacheliere,
Quae sunt remedia
(Tam in homine quam in muliere)
Quae, in maladia
Dicta idropisia,
(In malo caduco, apoplexia, convulsione et paralisia)
Convenit facere.

BACHELIERUS.   Clysterium donare,
Postea salassare,
Postea purgare.

CHORUS.   Bene, bene, bene, bene respondere.
Dignus, dignus est intrare
In nostro docto corpore.

TERTIUS DOCTOR.   Si bonum videtur domino praesidi
Doctissime facultati,
Et compagniae praesenti,
Domandabo tibi, docte bacheliere,
Quae remedia eticis,

Pulmonicis atque asmaticis,
Bene credis facere.

BACHELIERUS.　　　Clysterium donare,
　　　　　　　　　Postea salassare,
　　　　　　　　　Postea purgare.

CHORUS.　　　Bene, bene, bene, bene respondere.
　　　　　　Dignus, dignus est intrare
　　　　　　In nostro docto corpore.

QUARTUS DOCTOR.　Super illas maladias,
　　　Dominus bachelierus dixit mirabilis.
Sed, si non disturbo doctissimam facultatem
　　Et totam companiam honorabilem,
Tam corporaliter quam mentaliter sic presentem,
　　Faciam illi unam quaestionem:
　　　　Heri maladus unus
　　　　Cascavit in meas manus,
Homo qualitatis, dives come Cresus,
Habet grandam febrem, cum traspiramentis,
　　　Grandem dolorem capitis,
Cum alteratione spiriti et laxamento ventris;
　　Grandem etiam malum ad costatum,
　　　　Cum granda difficultate
　　　　Et pena ad respirare:
　　　　　　Dic mihi, in gratia,
　　　　　　Docte bacheliere,
　　　　　　Quid illi facere.

BACHELIERUS.　　　Clysterium donare,
　　　　　　　　　Postea salassare,
　　　　　　　　　Postea purgare.

CHORUS.　　　Bene, bene, bene, bene respondere.
　　　　　　Dignus, dignus est intrare
　　　　　　In nostro docto corpore.

IDEM DOCTOR.　　　Mais, si maladia
　　　　　　　　　Obstinatissima
　　　　　　　　　Non vult se guarire,
　　　　　　　　　Quid illi facere?

BACHELIERUS.	Clysterium donare,
	Postea salassare,
	Et postea purgare,
	Resalassare, repurgare, et clisterizzare.

CHORUS.	Bene, bene, bene, bene respondere.
	Dignus, dignus est intrare
	In nostro docto corpore.

PRAESES.	Juras serbare statuta
	Per Facultatem praescripta,
	Cum sensu et judicio?

BACHELIERUS. Juro.

PRAESES.	Essere in omnibus
	Consultationibus
	Antiqua opinione.
	Vel bona
	Vel insana?

BACHELIERUS. Juro.

PRAESES.	Et non mai più adoperare
	Remedia nulla,
	Ultra quae prescribet alma facultas,
	Etiam si malatus crepet,
	Et moriat de suo malo?

BACHELIERUS. Juro.

PRAESES.	Ego, cum isto bereto
	Venerabili et docto,
	Dono tibi et concedo
	Virtutem et facultatem
	Medicandi,
	Purgandi,
	Salassandi,
	Exforandi,
	Recidendi,
	Tagliandi,
	Et occidendi,
	Impune per totam terram.

Entrata del balletto

Tutti i chirurghi e gli apotecari vengono a fargli la riverenza a tempo di musica.

BACHELIERUS.　Grandes doctore doctrinae
　　　　　　　　De rabarbaro et de senna,
　　　　　　Esset certum chosa folla,
　　　　　　　　Inecta et ridicula,
　　　　　　　　Si velle dignamenter
　　　　　　　　Vestras laudes cantare,
　　　　　　　　Et vellem isto modo,
　　　　　　　　Ad solem lucem afferre,
　　　　　　　　Ad cielum stellas
　　　　　　　　Flammas ad infernum,
　　　　　　　　Rosas ad primum vere.
　　　　　　　　　　Laxate me uno verbo
　　　　　　　　　　Unico remercimento
　　　　　　Rendam gratias corpori tam docto.
　　　　　　　　　　Vobis, vobis debeo
　　　　　　Bien plus che a natura et che a patri meo:
　　　　　　　　Natura et pater meus
　　　　　　　　Hominem me habent factum;
　　　　　　　　Sed vos me, quod est ben plus,
　　　　　　　　Avetis factum medicum:
　　　　　　　　Honor, favor et gratia;
　　　　　　　　Qui, in hoc corde meo
　　　　　　　　Imprimant gratitudines
　　　　　　　　Qui durabunt in secula.

CHORUS.　　Vivat, vivat, vivat, vivat, centum volte vivat,
　　　　　　Novus doctor, qui tam bene parlat!
　　　　　　Mille, mille annis, et manget et bibat,
　　　　　　　　Salasset et occidat!

Entrata del balletto

Tutti i chirurghi ed apotecari danzano al suono di strumenti, di canti e di battimani, e dei mortai degli apprendisti.

CHIRURGUS.   Videat ille doctas
                Suas ordonnancias
                Omnium chirurgorum
                Et apothicarum
                Riempire bottegas!
CHORUS.   Vivat, vivat, vivat, vivat, centum volte vivat,
                Novus doctor, qui tam bene parlat!
                Mille, mille annis, et manget et bibat,
                    Salasset et occidat!

                Possant toti anni
                Pro illo essere boni
             · Et favorabiles,
                Et avere continuo
                Pestas, varicellas!
                Febres, pleuresias,
              Fluxiones et disenterias!

      Vivat, vivat, vivat, vivat, centum volte vivat,
      Novus doctor, qui tam bene parlat!
      Mille, mille annis, et manget et bibat,
            Salasset et occidat!

Entrata del balletto

Medici, chirurghi, apotecari escono tutti, in fila, secondo il rango, come sono entrati.

Vita di Molière[1]

scritta da Voltaire

'Il gusto di molti lettori per le frivolezze, e il vezzo di scrivere in un volume ciò che dovrebbe occupare solo poche pagine, fan sì che la storia degli uomini illustri sia quasi sempre guastata da dettagli inutili, e da dicerie popolari tanto false quanto insulse. A questo si aggiungono spesso critiche ingiuste alle loro opere. È quanto è accaduto con l'edizione di Racine del 1728, a Parigi. Cercherò, in questa breve storia della vita di Molière, di non incorrere in tale errore: dirò della sua persona soltanto ciò che ho creduto vero e degno di essere riferito; e riguardo alle sue opere non azzarderò niente che sia in contrasto con i sentimenti del pubblico colto.

Jean-Baptiste Poquelin nacque a Parigi, nel 1620, in una casa tuttora esistente vicino ai pilastri dei mercati generali. Il padre Jean-Baptiste Poquelin, commerciante rigattiere, domestico e tappezziere del re, e Anne Boutet, la madre, gli diedero un'educazione troppo conforme al proprio stato, al quale l'avrebbero destinato.

Il ragazzo rimase sino a 14 anni nella bottega dei genitori e, oltre al suo mestiere, non imparò altro che un poco a leggere e a scrivere. Ottennero che egli continuasse a mantenere il loro incarico presso il re, ma il suo genio lo chiamava altrove. È stato osservato come quasi tutti coloro che si sono distinti nelle belle arti, le abbiano coltivate malgrado i propri genito-

[1] Il testo qui riportato, intitolato *Vie de Molière par Voltaire*, è tratto da *Oeuvres completes de Molière*, Ambroise Dupont et Robet, Paris 1825 (trad. it. di Cecilia Bagnoli).

ri, e come la natura sia sempre stata più forte dell'educazione ricevuta.[2]

Poquelin aveva un nonno che amava la commedia, e che talvolta lo portava all'hôtel de Bourgogne. Ben presto il giovane provò un'avversione invincibile per il proprio lavoro. Si sviluppò in lui l'amore per lo studio: insistette affinché il nonno lo iscrivesse al collegio, ottenendo infine il consenso del padre, che alloggiatolo in pensione lo mandò come esterno dai Gesuiti, con la ripugnanza di un borghese che credeva perduta la fortuna del figlio, qualora si fosse messo a studiare.

Il giovane Poquelin fece in collegio i progressi attesi, visto il desiderio di entrarvi. Lì trascorse cinque anni di studio; seguì i corsi delle classi di Armand di Bourbon, primo principe di Conti, che da quel momento divenne protettore delle lettere e di Molière.

A quel tempo frequentavano il collegio due ragazzi che fin da allora godevano ovunque di grande fama. Si trattava di Chapelle e Bernier: il primo conosciuto per i suoi viaggi nelle Indie, l'altro celebre per alcuni versi semplici e sciolti, che gli diedero tanta notorietà da non cercarne più in seguito.

Huillier, persona benestante, aveva particolarmente a cuore l'educazione del giovane Chapelle, suo figlio naturale; e per dargli un modello da imitare lo faceva studiare con il giovane Bernier, mettendo così a disagio i suoi genitori. Inoltre, invece di dare al figlio un normale precettore scegliendolo in modo casuale, come usano fare molti padri con il figlio legittimo che porterà il loro nome, incaricò il celebre Gassendi di occuparsi della sua istruzione.

Gassendi intervenne subito sul talento di Poquelin, e così lo affiancò agli studi di Chapelle e Bernier. Mai un illustre maestro ebbe discepoli più degni. Insegnò loro la filosofia d'Epicuro, la quale, sebbene non meno falsa delle altre, aveva per lo

---

[2] Questo capoverso contiene numerosi dettagli, la cui inesattezza è stata dimostrata da M. Beffara. Egli ha scoperto, nel 1821, l'atto di nascita di Molière, e una quantità di documenti autentici riguardanti questo grande uomo e la sua famiglia. Ne risulta che Molière sia nato a Parigi, il 15 gennaio 1622, dunque non nel 1620 come si era creduto sino ad allora; che nacque in una casa della rue Saint-Honoré, vicino alla Croce del Traditore, e non vicino ai pilastri dei mercati generali; infine che il nome di sua madre era Marie Cressé, non Anne Boutet. (NdE)

meno più metodo e verosimiglianza della Scolastica, senza essere tanto rozza.

Poquelin continuò a istruirsi con Gassendi. Terminati gli studi in collegio, ricevette dal filosofo i principi di una morale più utile della sua fisica, principi dai quali raramente si allontanò nel corso della propria vita.

Dal momento in cui il padre diventò infermo e non fu più in grado di lavorare, si vide obbligato a svolgere le funzioni del suo incarico presso il re. Seguì Luigi XIII nel viaggio che il monarca fece, nel 1641, in Linguadoca; di rientro a Parigi, la sua passione per la commedia, che lo aveva spinto a studiare, si risvegliò con forza.

Il teatro cominciava allora a fiorire: quest'arte, così disprezzata quando è mediocre, contribuisce però alla gloria di uno Stato quando raggiunge la perfezione.

Prima del 1625 non esistevano compagnie stabili a Parigi. Così come in Italia, i commedianti andavano di città in città, mettendo in scena opere di Hardy, Monchrétien o Balthazar-Baro e gli autori vendevano i propri lavori per dieci scudi l'uno.

Verso il 1630 Pierre Corneille strappò il teatro dal degrado e dalla barbarie. Le sue prime commedie, tanto valide per il suo secolo quanto poco lo sono per il nostro, fecero sì che una compagnia di attori si stabilisse a Parigi. Non molto tempo dopo, la passione del cardinale di Richelieu per gli spettacoli creò la moda e il gusto per la commedia; e c'erano più compagnie teatrali allora di quante se ne vedano oggi.

Poquelin si unì ad alcuni giovani dotati di talento per la recitazione; recitavano nei quartieri Saint-Germain e Saint-Paul. Ben presto il gruppo gettò nell'ombra tutti gli altri: era chiamato l'"Illustre teatro". Una tragedia del tempo, di un tale Magnon, intitolata *Artaserse* e pubblicata nel 1645, si avvalse proprio dei commedianti dell'Illustre teatro.

Fu allora che Poquelin, resosi conto del proprio genio, decise di dedicarvisi completamente, di essere attore e autore al tempo stesso, traendo vantaggio e gloria dai propri talenti.

È noto che presso gli Ateniesi gli autori spesso recitavano le proprie opere, e che non fosse disonorevole l'esprimersi con garbo in pubblico davanti ai concittadini. Poquelin fu più incoraggiato da questa idea di quanto non fosse trattenuto dai pregiudizi del secolo. Prese il nome di Molière, e cambiando nome, non fece che seguire l'esempio degli attori italiani, e di quelli dell'hôtel de Bourgogne. Uno di loro, il cui nome di famiglia era Le Grand, si chiamava Belleville nella tragedia, e Turlupin nella farsa, da cui la parola *turlupinade*. Hugues Guéret era conosciuto nelle opere drammatiche con il nome di Fléchelles; nella farsa recitava sempre il ruolo di un personaggio chiamato Gautier-Garguille. Come per Arlecchino e Scaramouche si conoscevano solo i nomi dati sulle scene. Un attore Molière era già esistito, autore della tragedia *Polissena*.

Il nuovo Molière durante il periodo delle guerre civili fu ignorato in Francia: passò allora questi anni coltivando il proprio talento, e preparando alcuni lavori per il teatro. Aveva creato una raccolta di opere italiane, con le quali allestiva commediole nei dintorni di Parigi. Questi primi alquanto informi tentativi non denotavano tanto l'impronta del suo genio, che non aveva ancora avuto occasione di rivelarsi completamente, ma piuttosto quella del cattivo teatro italiano da cui erano stati presi. Un talento, infatti, cresce o avvizzisce sotto l'influenza di ciò che lo circonda. Per la provincia Molière scrisse *Il dottore innamorato*, *I tre dottori rivali* e *Il maestro di scuola*, opere delle quali non resta che il titolo. Qualche amatore ha conservato due suoi lavori in questo stile: uno è *Il medico volante*, l'altro *La gelosia del Barbouillé*, testi completi e in prosa. Alcune frasi ed episodi del primo sono stati conservati nel *Medico suo malgrado*, mentre nella *Gelosia del Barbouillé* si trova l'abbozzo di un canovaccio del terzo atto di *George Dandin*.

Lo stordito fu la prima opera teatrale, in cinque atti, che compose. La commedia venne rappresentata a Lione, nel 1653. Esisteva nella città una compagnia di attori di provincia, che fu però accantonata nel momento in cui apparve quella di Molière.

Alcuni attori della vecchia compagnia si unirono a Molière, il quale partì da Lione verso le regioni della Linguadoca con un gruppo completo, composto principalmente da due fratelli chiamati Gros-René, da Du Parc, da un pasticciere della rue Saint-Honoré, dalla Du Parc, dalla Béjard e dalla De Brie.

Il principe di Conti, governatore degli stati della Linguadoca a Bézier, si ricordò di Molière, conosciuto in collegio, e gli offrì la sua speciale protezione. Molière per lui recitò *Lo stordito*, *Il dispetto amoroso* e *Le preziose ridicole*.

L'operetta *Le preziose ridicole*, nata nei sobborghi di Parigi, è prova sufficiente che l'autore aveva osservato l'aspetto del ridicolo solo nelle donne di provincia; da quel momento, invece, si convenne che l'opera potesse migliorare sia la città sia la corte.

Molière aveva trentaquattro anni,[3] età in cui Corneille scrisse *Il Cid*. Prima di allora era piuttosto difficile cimentarsi nel genere drammatico, perché questo esigeva una particolare conoscenza del mondo e del cuore umano.

Si dice che all'epoca il principe di Conti volesse fare di Molière il proprio segretario, e che egli, per fortuna e gloria del teatro francese, ebbe il coraggio di preferire il proprio talento a una carica di prestigio. Tale fatto, se vero, farebbe onore al principe e all'attore.

Dopo aver percorso per qualche tempo la provincia, e aver recitato a Grenoble, Lione e Rouen, Molière giunse infine a Parigi, nel 1658. Il principe di Conti lo introdusse presso Monsieur, unico fratello di Luigi XIV, il quale lo presentò al re e alla regina madre. Lo stesso anno, davanti alle Loro Maestà mise in scena con la propria compagnia la tragedia *Nicomede*, in un teatro allestito per ordine del re nella sala delle guardie del vecchio Louvre.

Da qualche tempo alcuni attori si erano stabiliti all'hôtel de Bourgogne, potendo così assistere al debutto del nuovo gruppo. Dopo la rappresentazione di *Nicomede*, Molière si presentò sulla scena: si prese la libertà di pronunciare un discorso con il quale ringraziava Sua Maestà il re, per la sua indulgenza, lodava gli attori dell'hôtel de Bourgogne, dei quali forse temeva la gelosia, e concludeva chiedendo il permesso di rappresentare un'opera in un atto, già recitata in provincia.

Sebbene all'hôtel de Bourgogne si fosse persa la consuetudine delle brevi farse rappresentate dopo le grandi opere, il re gradì l'offerta di Molière, così venne subito messa in scena *Il dottore innamorato*. Da quel momento divenne un'usanza far seguire testi di uno o tre atti a quelli usuali, di cinque.

Fu accordato alla compagnia il permesso di fermarsi a Pari-

---

[3] Molière aveva solo trentadue anni. Si tratta di una conseguenza dell'errore commesso da Voltaire e dai suoi biografi riguardo all'epoca della nascita dell'autore. (*NdE*)

gi; stabilitasi in città, condivise il teatro del Petit-Bourbon con gli attori italiani, che da qualche anno ne erano i proprietari.

Molière e il suo gruppo recitavano in questo teatro il martedì, il giovedì e il sabato; gli italiani, i giorni restanti.

Anche la compagnia dell'hôtel de Bourgogne recitava solo tre volte la settimana, salvo ci fossero nuove opere da mettere in scena.

Da allora la compagnia di Molière prese il nome del suo protettore, e divenne la "Compagnia di Monsieur". Due anni dopo, nel 1660, egli accordò agli attori la sala del Palais-Royal. Il cardinale di Richelieu l'aveva fatta costruire per la rappresentazione di *Mirame*, tragedia della quale il ministro aveva composto più di cinquecento versi. Questa sala è costruita tanto malamente quanto l'opera per la quale fu creata; e, data l'occasione, mi sento obbligato a sottolineare come non esistano oggi in Francia teatri dignitosi: si vede solo un gotico rozzo, che gli italiani a ragione ci rimproverano. Se la Francia ha grandi opere, le belle sale sono in Italia.

La compagnia di Molière godette della sala sino alla morte del suo proprietario. In seguito essa fu concessa a coloro che ebbero il privilegio di recitare all'Opéra, sebbene la volta sia meno adatta per il canto che per la recitazione.

Dal 1658 al 1673, vale a dire in quindici anni, Molière rappresentò tutte le proprie opere, che ammontano a trenta. Volle cimentarsi nel genere tragico, ma non vi riuscì: la variabilità della voce e una sorta di singhiozzo che aveva non si addicevano a opere serie, mentre rendevano più divertente la sua recita di comico. La compagna di uno dei nostri migliori attori ha lasciato il seguente ritratto di Molière:

«Non era né troppo grasso, né troppo magro; era più alto che basso, di portamento nobile e con belle gambe; camminava con passo solenne e aria seria, aveva il naso molto grosso, una bocca grande, labbra spesse, la carnagione scura e sopracciglia nere e folte, la cui grande mobilità rendeva la sua fisionomia estremamente comica. Per quanto riguarda il carattere era dolce, cortese e generoso. Adorava le arringhe: e quando leggeva i propri testi agli attori, voleva che portassero con sé i figli, per poter prendere spunto dalla naturalezza dei loro gesti.»

Molière ebbe a Parigi un gran numero di sostenitori, ma si fece altrettanti nemici. Avendo fatto conoscere al pubblico la buona commedia, lo abituò a dare giudizi molto severi anche su se stesso, e gli stessi spettatori che applaudivano opere mediocri di altri autori, rilevavano con asprezza i suoi più piccoli errori. Gli uomini infatti ci giudicano secondo certe aspettative che hanno verso di noi; e il minimo errore di un autore celebre, unito alla malignità del pubblico, è sufficiente al declino di un'opera di valore. Ecco perché *Britannico* e *I litiganti* di Racine vennero accolte così male; ed ecco perché *L'avaro*, *Il misantropo*, *Le donne saccenti* e *La scuola delle mogli* non ebbero inizialmente alcun successo.

Grazie all'approvazione di Luigi XIV, che aveva buon gusto e, senza averla coltivata, una notevole capacità di giudizio, ci fu un riavvicinamento della città e della corte alle opere di Molière. Certo sarebbe stato motivo di maggior onore per la nazione non aver bisogno delle decisioni del re per esprimere un giudizio corretto. Molière ebbe nemici crudeli, in particolare i pessimi autori del tempo e i loro protettori: con sotterfugi sobillarono contro di lui gli uomini di Chiesa; gli vennero attribuiti libri scandalosi; lo si accusò di mettere in scena uomini potenti, mentre non faceva altro che dipingere i vizi in generale; e sarebbe rimasto schiacciato dal peso di queste accuse, se quello stesso re che incoraggiò e sostenne Racine e Despréaux non lo avesse protetto.

In verità non ebbe che una pensione di mille libre, e la sua compagnia di sette. La fortuna che accumulò con il successo delle proprie opere lo mise in condizione di non desiderare nient'altro: ciò che guadagnava con il teatro, sommato a ciò che possedeva, corrispondeva a trentamila libre di rendita, che al tempo erano pressoché il doppio del valore attuale della stessa somma di denaro.

Il credito di cui godeva presso il re sembrò bastare a ottenere il canonicato per il figlio del suo medico. Il nome del medico era Mauvilain. A tutti è noto che un giorno, durante una cena, il re chiese a Molière: «Avete un medico, che cosa vi fa?». «Sire,» rispose «conversiamo insieme, mi prescrive delle medicine, che non prendo, e così guarisco.»

Dei suoi privilegi faceva un uso nobile e saggio: riceveva a casa propria uomini della migliore compagnia, quali Chapelle, Jonsac, Desbarreaux e altri, uomini capaci di unire il piacere e la filosofia. Possedeva una casa di campagna ad Auteuil, dove spesso si riposava con loro delle fatiche del proprio mestiere, ben più grandi di quanto si pensi. Il maresciallo Vivonne, noto per il suo spirito e per l'amicizia con Despréaux, andava spesso da Molière, e viveva con lui come Lelio con Terenzio. Il grande Condé esigeva da Molière che andasse di sovente a fargli visita, e diceva di aver sempre da imparare dalla sua conversazione.

Molière usava generosamente parte delle proprie rendite, e si spingeva molto oltre ciò che la gente normalmente considera un *atto di carità*. Spesso, con doni considerevoli incoraggiava giovani autori che mostravano talento: probabilmente è a Molière che la Francia deve Racine. Invitò il giovane Racine, che usciva da Port-Royal, a lavorare in teatro all'età di diciannove anni. Gli fece scrivere la tragedia *Teagene e Cariclea*; e sebbene l'opera fosse troppo debole per essere messa in scena, diede al giovane autore cento luigi e la traccia dei *Fratelli nemici*.

Forse è utile dire che, all'incirca nello stesso periodo, vale a dire nel 1661, Racine compose un'ode per le nozze di Luigi XIV, e Colbert gli inviò cento luigi a nome del re.

È cosa triste, per la gloria delle lettere, che da allora i rapporti tra Molière e Racine si siano guastati: due uomini di così grande genio, di cui uno benefattore dell'altro, avrebbero dovuto restare sempre amici.

Molière fece crescere e formò un altro uomo, che per la superiorità dei suoi talenti e grazie ai doni particolari ricevuti dalla natura, merita di passare ai posteri. Si tratta dell'attore Baron, unico nella tragedia e nella commedia. Molière se ne prese cura come un figlio.

Un giorno Baron arrivò e annunciò che un attore di provincia, troppo povero per potersi presentare, chiedeva un piccolo aiuto per raggiungere la propria compagnia. Molière seppe che si trattava di un tale Mondorge, che era stato suo compagno, e chiese a Baron quanto pensava fosse necessario dargli. Senza riflettere questi rispose: «Quattro pistole». «Dategli dunque quattro pistole da parte mia,» disse Molière «ed eccone venti che bisogna che gli regaliate voi», e a questi doni aggiunse un magnifico abito. Sono piccoli fatti, ma dipingono bene il suo carattere.

Un ultimo episodio merita più di altri di essere raccontato. Molière aveva appena fatto l'elemosina a un povero. Un istante dopo l'uomo gli corse appresso dicendo: «Signore, non era forse vostra intenzione farmi dono di un luigi d'oro; sono venuto a rendervelo». «Tieni, amico mio,» rispose Molière «eccotene un altro», e poi esclamò: «Guarda dove va a nascondersi la virtù!». L'esclamazione ci dice di come Molière riflettesse su tutto ciò in cui si imbatteva, e come, volendo rappresentare la natura umana, trovasse ovunque occasione di studiarla.

Sebbene Molière fosse soddisfatto dei propri successi, dei protettori, degli amici e della fortuna che aveva, non era altrettanto felice a casa propria. Nel 1661 aveva sposato una giovane donna, nata dalla Béjard e da un gentiluomo di nome Modène. Si diceva che Molière fosse suo padre, ma l'astuzia con la quale tale calunnia venne diffusa fece sì che molta gente si assumesse il compito di confutarla, e fu provato che Molière conobbe la madre della ragazza solo dopo la sua nascita. La differenza d'età, e i pericoli a cui è esposta un'attrice giovane e bella, resero il matrimonio infelice; e Molière, per quanto fosse buon filosofo, sfogò nel suo privato il disgusto, le amarezze, e persino il ridicolo tante volte messi in scena. Come è vero che uomini superiori ad altri per talento, quasi sempre nascondono debolezze che li riavvicinano alla gente comune! d'altronde perché un talento dovrebbe porsi al di sopra dell'umanità intera?

Il malato immaginario fu l'ultima opera che Molière scrisse. Da tempo ormai soffriva di un male al petto, e gli capitava di sputare sangue. Il terzo giorno della rappresentazione si sentì particolarmente indisposto: gli venne consigliato di non andare in scena; ma non volle risparmiarsi, e lo sforzo gli costò la vita.

Fu colto da convulsioni mentre pronunciava la parola *juro*, durante la divertente apparizione del Malato immaginario. Venne portato a casa, in rue Richelieu, in fin di vita. Fu assistito nei suoi ultimi momenti da due religiose, questuanti a Parigi nel periodo di Quaresima, che aveva ospitato a casa propria. Morì tra le loro braccia, soffocato dal sangue salito in gola, il 17 febbraio 1673, all'età di cinquantatré anni. Lasciò solo una figlia, di spirito brillante; la moglie sposò poi un attore di nome Guérin.

La sventura di Molière di esser morto senza i conforti religiosi e i pregiudizi contro la commedia spinsero l'arcivescovo di Parigi Harlay de Chanvalon, noto soprattutto per le sue storie galanti, a rifiutargli la sepoltura. Il re se ne rammaricò; e così il monarca, di cui Molière era stato servitore e beneficiario, cortesemente pregò l'arcivescovo di Parigi di farlo seppellire in chiesa. Il curato di Sant'Eustachio, sua parrocchia, non volle assumersi l'incarico. Il popolo, che di Molière conosceva solo l'attore, e ignorava quale eccellente autore, filosofo e grand'uomo nel suo genere egli fosse stato, si raccolse in massa, il giorno del corteo funebre, davanti alla porta di casa: la vedova fu costretta a gettare monete dalle finestre, e quei miserabili, che, senza motivo, avrebbero magari rovinato il momento della sepoltura, accompagnarono la salma con rispetto.

Le difficoltà superate per ottenere l'inumazione, e le ingiustizie che Molière subì nel corso della vita, impegnarono il famoso padre Bouhours nella composizione di una specie di epitaffio: tra tutti quelli composti per l'attore questo è l'unico che meriti di essere trascritto, e il solo ad allontanarsi dalla falsa e cattiva fama che fino a ora ha preceduto le sue opere.

Hai riformato la città e la corte;
Ma quale fu la ricompensa?
I francesi un giorno arrossiranno
Della propria scarsa riconoscenza.
Ci voleva per loro un attore
Che impegnasse ad affinarli studio e onore;
Ma niente mancherebbe, Molière, alla tua gloria
Se tra i vizi tanto ben delineati
Della loro ingratitudine li avessi poi beffati.

In questa vita di Molière non solo ho omesso le dicerie popolari riguardanti Chapelle e i suoi amici, ma mi sono anche sentito in obbligo di dire come tali racconti, riportati da Grimarest, siano assolutamente falsi. Il defunto duca di Sulli, ultimo principe di Vendôme, e l'abate di Chaulieu, i quali hanno entrambi vissuto a lungo con Chapelle, mi hanno assicurato che tutti questi aneddoti non meritano alcun credito.

Indice